Adalbert Stifter
Das Haidedorf
Der Condor
Novellen

I0630661

fabula Verlag Hamburg

ISBN: 978-3-95855-277-7
Druck: fabula Verlag Hamburg, 2018
Covergestaltung: Annelie Lamers

Der fabula Verlag Hamburg ist ein Imprint der Diplomica Verlag GmbH.
Bibliografische Information der Deutschen Nationalbibliothek:
Die Deutsche Nationalbibliothek verzeichnet diese Publikation in der Deutschen Nationalbibliografie; detaillierte bibliografische Daten sind im Internet
über http://dnb.d-nb.de abrufbar.

© fabula Verlag Hamburg, 2018
http://www.fabula-verlag-hamburg.de
Printed in Germany

Adalbert Stifter

Das Haidedorf
Der Condor

Novellen

fabula

Der Condor

1. Ein Nachtstück

Um zwei Uhr einer schönen Junimondnacht ging ein Kater längs des Dachfirstes und schaute in den Mond. Das eine seiner Augen, von dem Strahle des Nachtgestirnes schräg getroffen, erglänzte, wie ein grüner Irrwisch, das andere war schwarz, wie Küchenpech, und so glotzte er zuletzt, am Ende der Dachkante ankommend, bei einem Fenster hinein – und ich heraus. Die großen freundlichen Räder seiner Augen auf mich heftend, schien er befremdlich fragen zu wollen: „Was ist denn das, du lieber alter Spiel- und Stubengenosse, dass du heute in die späte Nacht dein Gesicht zum Fenster hinaushältst, das sonst immer rot und gesund auf dem weißen Kissen lag und ruhig schlummerte, wenn ich bei meinen Nachtgängen gelegentlich vorbeikam und hineinschaute?"

„Ei, Trauter," erwiederte ich ihm auf die stumme Frage, „die Zeiten haben sich nun einmal sehr geändert, das siehst du; – die weißen Kissen liegen unzerknittert dort auf dem Bettgestelle, und der Vollmond malt die lieblich flirrenden Fensterscheiben darauf, statt dass er in mein schlummerndes Angesicht schiene, welches Gesicht ich dafür da am Simse in die Nacht hinaushalten muss, um damit schon durch drei Vierteile derselben auf den Himmel zu schauen; denn an demselben wird heute das seltenste und tollste Gestirn emporsteigen, was er je gesehen. Es wird zwar nicht leuchten, aber wenn nach Verdienst gerichtet würde, so ist etwas in ihm, das strahlenreicher ist, als der Mond und alle Sterne zusammengerechnet, deine glänzenden Augen nicht ausgenommen, Verehrtester."

So sagte ich ungefähr zu dem Kater, er aber drehte seine Augen, als verstände er meine Rede, noch einmal so groß und noch einmal so freundlich gegen mich, dass sie wie Glimmerscheiben leuchteten, und die Seite seines weichen Felles gegen meine Hand krümmend und stemmend, hob er sofort sein traulich Spinnen an, während ich fortfuhr, mit ihm zu kosen: „Man sieht viel in einer langen Mondnacht, das wirst du wissen, Lieber, wenn du sonst Beobachtungsgeist besitzest; aber siehe, ich wusste es nicht, da ich nie Zeit hatte, eine so recht von Herzen anzuschauen, allein in diesem Harren und Schauen nach dem Himmel, namentlich da der gehoffte Weltkörper immer nicht kam, hatte ich Muße genug den Lebenslauf einer Frühlingsnacht zu studieren."

Da aber alles wahr ist, was ich da meinem lieben Freunde Hinze eröffnete, so sehe ich nicht ab, warum ich es nicht auch einem noch liebern Menschenauge eröffnen, dem einst dieses Blatt vorkommen könnte, warum ich nicht sagen sollte, dass mich wirklich ein närrisches und unglückliches Verhängnis an dieses Fenster kettete, und meine Blicke die ganze Nacht in die Lüfte bannte. Es will fast närrisch sein, aber jeder säße auch bei mir hieroben, wenn er vorher das erlebt hätte, was ich.

Die Zeit war zäh, wie Blei.

Leider war ich schon viel zu früh heraufgestiegen, als sich noch das leidige Abendgetümmel der Menschen durch die Gassen schleppte, und eine wunderliche Dissonanz bildete zu dem lieben Monde, der bereits mit rosenrotem Angesichte dort drüben zwischen zwei mächtigen Rauchfängen lag und auf meine zwei Fenster herübergrüßte.

Allmälig puppte sich denn doch alles, was Mensch heißt, in seine Nachtüllen ein, und nur die Rufe der Schlemmer tönten hie und da herauf, wie sie ihren späten Nachtweg nach Hause suchten – dann hob jene Zeit an, die die Philosophen, Dichter und Kater lieben, die Nachtstille – mein vierpfotiger Freund hat eben nicht den übelsten Geschmack für die Zeit seiner Spaziergänge. – Der Mond hatte sich endlich von den Dächern gelöset, und stand hoch im Blau – ein Glänzen und ein Flimmern und ein Leuchten durch den ganzen Himmel begann, durch alle Wolken schoss Silber, von allen Blechdächern rannen breite Ströme desselben nieder, und an die Blitzableiter, Dachspitzen und Turmkreuze waren Funken geschleudert. Ein feiner Silberrauch ging über die Dächer der weiten Stadt, wie ein Schleier, der auf den hunderttausend schlummernden Herzen liegt. Der einzige Goldpunkt in dem Meere von Silber war die brennende Lampe drüben in dem Dachstübchen der armen Waschfrau, deren Kind auf den Tod liegt.

So schön das alles war, so wurden doch die Stunden eine nach der andern länger – die Schatten der Schornsteine hatten sich längst umgekehrt, die silberne Mondkugel rollte schon bergab auf der zweiten Hälfte ihres dunklen Bogens – es war die tödtlichste Stille – nur ich und jenes Lämpchen wachten.

Was ich aber suchte, das erschien nicht.

Zweimal schritt Hinze über die Dächer, ohne zu mir zu kommen. Die große Stadt unter mir, in der undeutlichen Magie des Mondlichts schwimmend, lag im tiefsten Schlummer, als sollte man sie atmen hören – aber auch der Himmel an der gesuchten Stelle blieb glänzend einsam, wie er die ganze Nacht gewesen. Ich harrte fort. Es war, als würde es mit jeder Minute lautloser. Der Mond zog sichtlich der zweiten Halbkugel zu; eine Heerde Lämmerwolken, die tief gegen Süden auf der blauen Weide gingen, wurde leise angezündet, und selbst ferne Wolkenbänke, die schon seit Abend unten am Westhimmel schlummerten und sich dehnten – und lange in unsere Nacht hinein die Sonne Amerika's wiedergeschienen hatten, waren erloschen, und glommen nun vom Monde an, und durch ihre Glieder floss ein sanftes, blasses Licht, als regten sie sich leise.

Da schlug es zwei Uhr und Hinze kam. Er war mir in dieser Nacht ordentlich bedeutsam geworden. Es entspann sich das stumme Gespräch mit ihm, das ich Anfangs dieses Blattes berichtete; aber freilich dauerte die Unterhaltung mit ihm nicht lange, da wir Beide des Zwiegesprächs bald müde waren, und jeder zu unserm Geschäfte übergingen: er zu seinem Lustwandeln, ich zu meinem einförmigen Schauen.

Das Lämpchen der Witwe war mittlerweile ausgelöscht worden, dafür fürchtete ich, dass bald eine ganz andere Lampe angezündet werden würde; denn im Osten kroch bereits ein verdächtiges Lichtgrauen herum, als sei es der Morgen; auch die Luft, bisher so warm und todesruhig, machte sich auf; denn ich fühlte es schon zweimal kühl aus Morgen her an mein Gesicht wehen, und das Rauschen der Frühlingsgewässer wurde deutlich von den Bergen herübergetragen.

Da auf einmal, in einem lichten Gürtel des Himmels, den zwei lange Wolkenbänder zwischen sich ließen, war mir's, als schwebe langsam eine dunkle Scheibe – ich griff rasch um das Fernrohr, und schwang es gegen jene Stelle des Firmaments – Sterne, Wolken, Himmelsglanz flatterten durch das Objekiv – ich achtete ihrer nicht, sondern suchte angstvoll mit dem Glase, bis ich plötzlich eine große schwarze Kugel erfasste und festhielt.

Also ist es richtig, eine Voraussage trifft ein: gegen den zarten weißen Frühhimmel, so schwach rot erst, wie eine Pfirsichblüte, zeichnete sich eine bedeutend große dunkle Kugel, unmerklich emporschwebend – und unter ihr an unsichtbaren Fäden hängend, im Glase des Rohres zitternd und schwankend, klein wie ein Gedankenstrich am Himmel – das Schiffchen, ein gebogenes Kartenblatt, das drei Menschenleben trägt, und sie noch vor dem Frührote herabschütteln kann, so naturgemäß, wie aus der Wolke daneben ein Morgentropfen fällt.

Cornelia, armes verblendetes Kind! Möge dich Gott retten und schirmen!

Ich musste das Rohr weglegen; denn es wurde mir immer grauiger, dass ich durchaus die Stricke nicht sehen konnte, mit denen das Schiff am Ballon hing.

Ist nun auch die zweite Tatsache so gewiss, wie die erste; dann lebe wohl, du mein Herz, – dann kanntest du und liebtest du das schönste, großherzigste, leichtsinnigste Weib!!

Ich musste doch das Rohr wieder nehmen; aber der Ballon war nicht mehr sichtbar, wahrscheinlich hatte ihn das obere jener Wolkenbänder aufgenommen, gegen dessen Grund seine Zeichnung verschwand. Ich wartete, und suchte dann noch lange am Himmel, fand aber nichts mehr.

Mit seltsamen Gefühlen des Unwillens und der Angst legte ich das Fernrohr weg und starrte in die Lüfte, bis endlich eine andere, aber glühende Kugel emporstieg, und ihr strahlendes Licht über die große heitere Stadt ausgoss, und auf meine Fenster, und auf einen ungeheuren, klaren, heitern, leeren Himmel.

2. Tagstück

Der junge Mann, aus dessen Tagebuche das Vorstehende wörtlich genommen wurde, war ein angehender Künstler, ein Maler, noch nicht völlig zwei und zwanzig Jahre alt, aber seinem Ansehen nach hätte man ihm kaum achtzehn gegeben. Aus einer Fülle blonder Haare, die er noch fast knabenhaft in Locken trug, sah ein unbeschreiblich treuherziges Gesicht heraus, weiß und rot, voll Gesundheit, geziert mit den Erstlingen eines Bartes, den er sehr liebte, und der kindisch trotzig auf der Oberlippe saß, – zwei dunkelblaue schwärmerische Augen unter einer ruhigen Stirn, auf der noch alle Unschuld seiner Kindheit wohnte. Wirklich hatte er auch aus der Einsamkeit des Waldlandes, in dem er erzogen wurde, alle Herzenseinfalt seines Tales und so viel Wissen, als bei seinen Jahren überhaupt möglich ist, in die große lasterhafte Stadt gebracht.

Und so saß er früh nach jener ihm merkwürdigen Nacht, die er oben beschrieb, auf seiner Dachstube, die nach und nach voll warmen Morgenlichts anquoll, rückgelehnt auf die hohe Lehne eines tuchenen, altmodischen Sessels, des unzählige gelbe Nägel im Frühlichte einen gleißenden Sternenbogen um ihn spannten. Die Hände ruhten in dem Schoße, und die Augen schauten auf die leere Leinwand, die vor ihm auf der Staffelei stand, aber sie sannen nicht auf Bilder, sondern in ihrem tiefen, schwermütigen Feuer stand der Anfang einer Leidenschaft, die düster-selig in dem Herzen anbrannte, und trotzig-schön in das kindliche Antlitz trat – auf dem unbeschriebenen Blatte die ersten Lettern der großen Stadt, der Titel, dass nun ein heißes Leben beginne, voll Seligkeit und Unruhe, aber fernabliegend von der friedlichen Insel seiner Kindheit.

Die Liebe ist ein schöner Engel, aber oft ein schöner Todesengel für das gläubige, betrogne Herz!

Sein Nachtgenosse, Hinze, der Kater seiner Mietsfrau, lag auf dem breiten Fenstersimse, und schlief in den Strahlen der Morgensonne. Nicht weit davon auf der Zeichnung eines Cherubs lag das Fernrohr. Unten in den Gassen lärmte bereits die Industrie einer großen Hauptstadt, sorgend für den heutigen Hunger und für die heutige Üppigkeit.

Während nun der Künstler so saß in seiner engen Dachstube, die ihm der Himmel endlich ganz mit Sonnengold angefüllt hatte, begab sich anderswo eine andere Szene: hoch am Firmamente in der Einöde unbegrenzter Lüfte schwebte der Ballon, und führte sein Schiffchen, und die kühnen Menschen darinnen in dem wesenlosen Ozeane mit einem sanften Luftstrome westwärts. Rings ausgestorbene Stille, nur zeitweise unterbrochen durch das zarte Knarren des Taffets, wenn der Ostwind an seinen Wänden strich, oder durch ein kaum hörbares Seufzen in dem seidnen Tauwerk. Drei Menschen, ebenfalls im tiefsten Schweigen, saßen in dem Schiffe, bis an's Kinn in dichte Pelze gehüllt, und doppelte grüne Schleier über die Gesichter. Durch einen derselben schimmerten die sanften Umrisse eines schönen blassen Frauenantlitzes mit großen, geistvollen, zagenden Augen – und somit war auch die zweite Tatsache richtig, welche der nächtliche Beobachter der Auffahrt vermutet hatte. Aber wie sie hier schiffte, war in ihr nicht mehr jene kühne Cornelia zu erkennen, die gleich ihrer römischen Namensschwester erhaben sein wollte über ihr Geschlecht, und gleich den heldenmütigen Söhnen derselben den Versuch wagen, ob man nicht die Bande der Unterdrückten sprengen möge, und die an sich wenigstens ein Beispiel aufstellen wollte, dass auch ein Weib sich frei erklären könne von den willkürlichen Grenzen, die der harte Mann seit Jahrtausenden um sie gezogen hatte – frei, ohne doch an Tugend und Weiblichkeit etwas zu verlieren. Sie war nicht mehr was sie kaum noch vor einer halben Stunde gewesen; denn alles, alles war anders geworden, als sie sich gedacht hatte.

In frühester Morgendämmerung, um jeder unberufenen Beobachtung zu entgehen, ward die Auffahrt veranstaltet, und mit hochgehobenem Herzen stand die schöne Jungfrau dabei, als der Ballon gefüllt wurde, fast nicht bändigend den klopfenden Busen, und die ahnungsreiche Erwartung der Dinge, die da kommen sollten. Dennoch war es ein banger Augenblick für die umstehenden Teilnehmer, als der unscheinbare Taffet zu einer riesenhaften Kugel anschwoll und die mächtigen Taue straff spannte, mit denen sie an die Erde gebunden war. Seltsame Instrumente und Vorrichtungen wurden gebracht, und in die Fächer des Schiffes geschnallt. Ein schöner großer Mann – sonst war er sanft, fröhlich und wohlgemut, heute blass und ernst – ging vielmal um die Maschine herum, und prüfte sie stellenweise um ihre Tüchtigkeit. Endlich fragte er die Jungfrau, ob sie auf ihrem Wunsche beharre, und auf das Ja sah er sie mit einem seltsamen Blicke der Bewunderung an, und führte sie ehrerbietig in das Schiff, bemerkend, dass er ihr nicht mit Wiederholung der Warnungen lästig sein wolle, die er ihr schon vor vierzehn Tagen gemacht, da sie dieselben ohne Zweifel wohl überlegt haben würde. Er wartete noch einige Minuten, und da keine Antwort erfolgte, so stieg auch er ein, und ein alter Mann war der letzte; sie hielt ihn für einen ergrauten, wissenschaftlichen Famulus.

Alle waren sie nun in Bereitschaft, die Maschine in Ordnung. Einen Blick noch tat Cornelia auf die Bäume des Gartens, die in's Morgengrau vermummt umherstanden und zusahen – dann erscholl aus dem Munde ihres Begleiters der Ruf: „Nun lasst im Namen Gottes den braven Condor fliegen – lös't die Taue!" Es geschah, und von den tausend unsichtbaren Armen der Luft gefasst und gedrängt, erzitterte der Riesenbau der Kugel, und schwankte eine Sekunde – dann sachte aufsteigend zog er das Schiffchen los vom mütterlichen Grunde der Erde, und mit jedem Atemzuge an Schnelligkeit gewinnend, schoss er endlich pfeilschnell, senkrecht in den Morgenstrom des Lichts empor, und im Momente flogen auch auf seine Wölbung und in das Tauwerk die Flammen der Morgensonne, dass Cornelia erschrak, und meinte, der ganze Ballon brenne; denn wie glühende Stäbe schnitten sich die Linien der Schnüre aus dem indigoblauen Himmel, und seine Rundung flammte, wie eine riesenhafte Sonne. Die zurücktretende Erde war noch ganz schwarz und unentwirrbar, in Finsternis verrinnend. Weit im Westen auf einer Nebelbank lag der erblassende Mond.

So schwebten sie höher und höher, immer mehr und mehr an Rundsicht gewinnend. Zwei Herzen, und vielleicht auch das dritte alte, pochten der Größe des Augenblicks entgegen.

Die Erhabenheit begann nun allgemach ihre Pergamente auseinanderzurollen – und der Begriff des Raumes fing an mit seiner Urgewalt zu wirken. Die Schiffenden stiegen eben einem Archipel von Wolken entgegen, die der Erde in demselben Augenblicke ihre Morgenrosen sandten, hier oben aber weiß schimmernde Eisländer waren, in den furchtbar blauen Bächen der Luft schwimmend, und mit Schlünden und Spalten dem Schiffe entgegen starrend. Und wie sie näher kamen, regten und rührten sich die Eisländer als weiße, wallende Nebel. In diesem Augenblicke ging auf der Erde die Sonne auf, und diese Erde wurde wieder weitin sichtbar. Es war noch das gewohnte Mutterantlitz, wie wir es von hohen Bergen sehen, nur lieblich schön errötend unter dem Strahlennetze der Morgensonne, welche eben auch das Fenster des Dachstübchens vergoldete, in dem der arme junge Meister saß.

9

„Wie weit, Coloman?" fragte der Luftschiffer.

„Fast Montblanc's Höhe," antwortete der alte Mann, der am andern Ende des Schiffchens saß, „wohl über vierzehntausend Fuß, Mylord."

„Es ist gut."

Cornelia sah bei dieser Rede behutsam über Bord des Schiffes, und tauchte ihre Blicke senkrecht nieder durch den luftigen Abgrund auf die liebe verlassene, nunmehr schimmernde Erde, ob sie etwa bekannte Stellen entdecken möge – aber siehe, alles war fremd und die vertraute Wohnlichkeit derselben war schon nicht mehr sichtbar, und mithin auch nicht die Fäden, die uns an ein teures, kleines Fleckchen binden, das wir Heimat nennen. Wie große Schatten zogen die Wälder gegen den Horizont hinaus – ein wunderliches Bauwerk von Gebirgen, wie wimmelnde Wogen, ging in die Breite, und lief gegen fahle Flecken ab, wahrscheinlich Gefilde. Nur ein Strom war deutlich sichtbar, ein dünner zitternder Silberfaden, wie sie oft im Spätherbste auf dunkler Haide spinnen. Über dem Ganzen schien ein sonderbar gelbes Licht zu schweben.

Wie sie ihre Blicke wieder zurückzog, begegnete sie dem ruhigen Auge des Lords, an dem sie sich erholte. Er stellte eben ein Teleskop zurecht, und befestigte es.

Dies nun war der Moment, in welchem wir den Ballon trafen, als wir uns aus der Stube des Künstlers entfernten. Er zog, wie wir sagten, mit einem sanften Luftstrome westwärts, ohne weiter zu steigen; denn schon über zwanzig Minuten fiel das Quecksilber in der Röhre gar nicht mehr. Die beiden Männer arbeiteten mit ihren Instrumenten. Cornelia drückte sich tiefer in ihre Gewänder, und in die Ecke ihres Sitzes. Die fließende Luft spielte um ihre Locken, und das Fahrzeug wiegte sich. Von ihrem Herzen gab sie sich keine Rechenschaft.

Die Stille wurde nur unterbrochen durch eintönige Laute der Männer, wie der eine diktierte, der andere schrieb. Am

Horizonte tauchten jetzt in nebelhafter Ferne ungeheure schimmernde Schneefelder auf, die sich Cornelia nicht enträtseln konnte. „Es ist das Mittelmeer, verehrtes Fräulein," sagte Coloman; „wir wollen hier nur noch einige Luftproben in unsere Fächer schöpfen und die Elektrizität prüfen; dann sollen Sie den Spiegel noch viel schöner sehen, nicht mehr silbern, sondern wie lauter blitzendes Gold."

Während dessen hatte der junge Luftschiffer eine Phiole mit starkem Kaffe gefüllt, in ungelöschten Kalk gelegt, hatte Wasser auf den Kalk gegossen und so die Flüssigkeit gewärmt; dann goss er etwas Rum dazu und reichte der Jungfrau einen Becher des heißen und erhitzenden Getränkes. Bei der großen Kälte fühlte sie die wohltätige Wirkung augenblicklich wie neues Leben durch ihre Nerven fließen. Auch die Männer tranken. Dann redeten sie leise und der Jüngere nickte. Hierauf fing der Ältere an, Säcke mit Sand, die im Schiffe standen, über Bord zu leeren. Der Condor wiegte sich in seinem Bade, und wie mit den prächtigen Schwingen seines Namensgenossen hob er sich langsam und feierlich in den höchsten Äther – und hier nun änderte sich die Szene schnell und überwältigend.

Der erste Blick Cornelia's war wieder auf die Erde – diese aber war nicht mehr das wohlbekannte Vaterhaus: in einem fremden goldnen Rauche lodernd, taumelte sie gleichsam zurück, an ihrer äußersten Stirn das Mittelmeer, wie ein schmales, gleißendes Goldband tragend, überschwimmend in unbekannte phantastische Massen. Erschrocken wandte die Jungfrau ihr Auge zurück, als hätte sie ein Ungeheuer erblickt – aber auch um das Schiff herum wallten weithin weiße, dünne, sich dehnende und regende Leichentücher – von der Erde gesehen – Silberschäfchen des Himmels. – Zu diesem Himmel floh nun ihr Blick – aber siehe, er war gar nicht mehr da: das ganze Himmelsgewölbe, die schöne blaue Glocke unserer Erde, war ein ganz schwarzer Abgrund geworden, ohne

Maß und Grenze in die Tiefe gehend, – jenes Labsal, das wir unten so gedankenlos genießen, war hier oben völlig verschwunden, die Fülle und Flut des Lichtes auf der schönen Erde. Wie zum Hohne, wurden alle Sterne sichtbar – winzige, ohnmächtige Goldpunkte, verloren durch die Öde gestreut – und endlich die Sonne, ein drohendes Gestirn, ohne Wärme, ohne Strahlen, eine scharfgeschnittene Scheibe aus wallendem, blähendem, weißgeschmolzenem Metalle: so glotzte sie mit vernichtendem Glanze aus dem Schlunde – und doch nicht einen Hauch des Lichtes festhaltend in diesen wesenlosen Räumen; nur auf dem Ballon und dem Schiffe starrte ein grelles Licht, die Maschine gespenstig von der umgebenden Nacht abhebend und die Gesichter todtenartig zeichnend, wie in einer laterna magica.

Und dennoch – die Phantasie begriff es kaum – dennoch war es unsere zarte, liebe Luft, in der sie schifften – dieselbe Luft, die morgen die Wangen eines Säuglings fächelt. Der Ballon kam, wie der Alte bemerkte, in den obern umgekehrten Passatstrom, und musste mit fürchterlicher Schnelligkeit dahingehen, was das ungemeine Schiefhängen des Schiffes bewies, und das gewaltige Rütteln und Zerren an dem Taffet, der dessenungeachtet keinen stärkern Laut gab, als das Wimmern eines Kindes; denn auch das Reich des Klanges war hier oben aus – und wenn das Schiff sich von der Sonne wendete, so war nichts, nichts da, als die entsetzlichen Sterne, wie Geister, die bei Tage umgehen.

Jetzt, nach langem Schweigen, taten sich zwei schneebleiche Lippen auf und sagten furchtsam leise: „Mir schwindelt."

Man hörte sie aber nicht.

Sie schlug nun den Pelz dichter um sich, um den schüttelnden Fieberfrost abzuwehren. Die Männer arbeiteten noch Dinge, die sie gar nicht verstand; nur der junge, schöne, furchtbare Mann, däuchte es ihr, schoss zuweilen einen majestätischen Blick in die großartige Finsternis und spielte dichterisch mit Gefahr und Größe – an dem Alten war nicht ein einzig Zeichen eines Affekes bemerkbar.

Nach langer, langer Zeit der Vergessenheit neigte der Jüngling doch sein Angesicht gegen die Jungfrau, um nach ihr zu sehen: sie aber schaute mit stillen, wahnsinnigen Augen um sich, und auf ihren Lippen stand ein Tropfen Blut.

„Coloman," rief der Jüngling, so stark er es hier vermochte, „Coloman, wir müssen niedergehen; die Lady ist sehr unwohl."

Der alte Mann stand auf von den Instrumenten und sah hin, es war ein Blick voll strahlenden Zornes, und ein tief entrüstetes Antlitz. Mit überraschend starker Stimme rief er aus: „Ich habe es Dir gesagt, Richard, das Weib erträgt den Himmel nicht – die Unternehmung, die so viel kostete, ist nun unvollendet; eine so schöne Fahrt, die einfachste und ruhigste in meinem ganzen Leben, geht umsonst verloren. Wir müssen freilich nieder, das Weib stirbt sonst hier. Lüfte nur die Klappen."

Nach diesen Worten saß er wieder nieder, klammerte sich an ein Tau und zog die Falten seines Mantels zusammen; der Jüngling aber tat einen jähen Zug an einer grünseidnen Schnur – und wie ein Riesenfalke stieß der Condor hundert Klafter senkrecht in der Luft – und sank dann langsamer immer mehr und mehr.

Der Lord hielt die ohnmächtige Cornelia in den Armen.

3. Blumenstück

Ich weiß nicht, wie viel Zeit seit der Luftfahrt vergangen war, – da war es wieder eines Morgens, ehe kaum der Tag graute, dass der junge Künstler wieder auf dem altmodischen Sessel mit den gelben Nägeln saß und wieder auf die gespannte Leinwand schaute: aber diesmal war sie nicht leer, sondern mit einem großen skizzierten Bilde prangend, das bereits ein schwerer Goldrahmen umfing. Wie Einer, der heißhungrig nach Taten ist, arbeitete er an dem Bilde, und wer ihn so gesehen hätte, wie er in Selbstvergessenheit die Augen über die gemalte Landschaft strömen ließ, der hätte gemeint, aus ihnen müsse die Wärme und Zärtlichkeit in das Bild geflossen sein, die so unverkennbar und reizend aus demselben traten. Oft ging er einen Schritt zurück, mit klugem Blicke das Ganze prüfend und wägend; dann ward mit leuchtenden Augen die Arbeit fortgesetzt. Es ist ein schöner Anblick, wenn der Engel der Kunst in ein unbewusstes, reizendes Jünglingsantlitz tritt, dasselbe verklärt und es ohne Ahnung des Besitzers so schön und so weit über den Ausdruck des Tages emporhebt. Heller und heller schien die Sonne in das Gemach, und in dieser Stimmung war es, dass ein Diener gegen Mittag ein versiegeltes Blättchen brachte.

Der Jüngling riss es auf. „Gut, ich werde kommen," sagte er, und ein heißes Rot lief auf seine Wangen, der Zeuge eines Gefühls, das er in der tiefsten Falte seines Herzens verborgen wähnte, und in letzter Zeit gar unmutig und unwillig niedergekämpft hatte.

Der Diener ging – der Jüngling aber malte nun nicht mehr.

Um zehn Uhr des andern Tages, in feines Schwarz gekleidet, den leichten Hut über den blonden vorquellenden Locken, ging er aus der Stadt, die langen, lichten Gassen der Vorstadt entlang, bis er zu dem Eingange eines schönen Landhauses gelangte; dort trat er ein, stieg die breite sommerliche Treppe hinauf und öffnete die Flügeltüren zu einem großen Saale voll Bilder. Hier harrte er und ließ sich melden. Nach einer Zeit tat sich eine Tür gegenüber dem Eingange auf, und eine ältliche Frau trat heraus, die ihm sogleich mit mütterlicher Freude die Hand reichte und sie herzlich drückte.

„Gehen Sie nur hinein," sagte sie, „gehen Sie hinein – Sie werden fast mit Angst erwartet. Ach, Gustav, was habe ich gelitten! – Sie hat es wirklich ausgeführt; dann war sie krank – sie muss fürchterliche Dinge gesehen haben, sie muss sehr weit, sehr weit gewesen sein; denn drei Tage und Nächte dauerte die Rückreise. – Seit sie genesen, ist sie gut und sanft, dass es mir oft wunderbar in's Herz geht; aber sie sagt von jener Sache auch nicht ein leises, leises Wörtchen. Gehen Sie nur hinein."

Der Jüngling hatte mit düsterer Miene zugehört; er schwieg und die Miene wurde nur noch düsterer.

Er schritt der Türe zu, öffnete sie und verschwand hinter derselben. Das Zimmer, in dem er sich nun befand, war groß und mit dem feinsten Sinne eingerichtet. An einem Fenster desselben, mitten in einem Walde fremder Blumen, saß eine junge Dame. Sie war in einem weißen Atlaskleide, dessen sanfter Glanz sich edel abhob von den dunkelgrünen Blättern der Kamellien.

Sie war aufgestanden, als der junge Mann eintrat, und ging ihm freundlich entgegen. Eine Gestalt über mittlerer Größe, voll jener hohen Grazie der Vornehmen, aber auch voll jener höheren der Sitte, die den Menschen so schön macht. Ihr Angesicht war geistvoll, blühend, aber heute blass. Zwei große schwarze Augen schauten dem Künstler aus der Blässe entgegen und grüßten ihn freundlich.

Er aber sah es nicht, dass ein leises Ding von Demütigung oder Krankheit in ihrem Wesen zittere – sein Herz lag gebannt in der Vergangenheit, sein Auge war gedrückt und trotzend.

Einen Moment war Stille.

„Wir haben uns lange nicht gesehen," sagte sie weich; „ich war auch ein wenig krank."

Er sagte auf ihre Anrede nichts, sondern verbeugte sich nur.

„Sie waren immer wohl?" fragte sie.

„Ich war wohl," antwortete er.

Ein großer, verwundernder Blick flog auf ihn – aber sie sagte nichts, sondern ging gegen die Kamellien, wo eine Staffelei stand, rückte dort etwas, dem kein Rücken Not tat; stellte etwas zurechte, das ohnedies recht stand; sah in die grünen Pflanzenblätter, als suche sie etwas – und kam dann wieder zurück. Er stand indessen auf demselben Flecke, wie Einer, der Befehle erwartet den Hut in der Hand, und seinen Ort nicht um die Breite eines Haares verrückend.

Die Dame atmete und fragte dann endlich sich zwingend noch sanfter: „Dachten Sie wohl auch die Zeit her an uns?"

„Ich dachte oft," sagte er mit unbefangener Stimme, „an Sie und an unsere Studien. Jetzt werden wohl die Farben auf dem Bilde gar zu sehr verdorrt sein."

Nun aber ward sie purpurrot und stieß heiß heraus: „Malen wir."

Das Rot des Antlitzes war im raschen Umwenden ihrer Gestalt nur hinter den Schläfen sichtbar geworden, und den tiefen Unmutsblitz des Auges hatte nur der Spiegel aufgefangen. Es war ganz deutlich, und schon ihr Anzug hatte es gezeigt, dass sie nicht hatte malen wollen: aber wie er nun den Hut abgelegt, an die Staffelei getreten, dort ein Fach geöffnet, Malergeräte herausgenommen und stehend die Farben auf die Palette gestellt – und wie sie allem dem mit großem schweigendem Auge zugesehen hatte – und wie er ihr die Palette artig reichte: so drückte sie rasch den einen Ärmel ihres Atlasgewandes zusammen, empfing die Palette und setzte sich mit unsäglichem Stolze nieder.

Er stand hinter ihr, auf dem Antlitze nicht einen Hauch von Erregung zeigend.

Das Malen begann. Die ältliche Frau, die Amme der jungen Dame, ging zeitweise ab und zu.

Der junge Mann, als Lehrer, begann mit klarer Stimme kühl und ruhig die Beurteilung des bereits auf der Leinwand Vorhandenen, und tat dieses Geschäft lobender und kürzer, als sonst; dann gab er den Plan für das, was nun dem Bilde zunächst Not tue; er nannte die erforderlichen Töne und die Farben, aus denen sie zu mischen seien.

Sie nahm und mischte.

„Gut" sagte er. Die Töne wurden nun in einem Bogen auf der Palette neben einander aufgestellt – das Malen begann und das Zimmer war todtenstill; nur, wie eine Grotte durch fallende Tropfen, so ward es durch die gelegentlichen Worte unterbrochen: „gut – wärmer – tiefer –". Nach und nach tönte auch dies nicht mehr; mit dem langen Stiele des Pinsels zeigte er, was zu verbinden war, was zu trennen; oder er setzte plötzlich ein Lichtchen oder einen Drucker hin, wo es Not tat und sie es nicht wagte.

Was er gewollt, hatte er erreicht; aber wer ihn nun gesehen hätte, wie er sein schönes Antlitz hinter ihrem Rücken einsam emporhob, der hätte den leisen heißen Schmerz bemerkt, der in demselben schwamm – aber sie sah sich nicht um, und sonst waren rings nur die blinden Wände.

Wie so oft der Geist des Zwiespalts zwischen Menschen tritt, anfangs als ein so kleines, wesenloses Ding, dass sie es nicht sehen, oder nicht wert halten es mit einem Hauch des Mundes, mit einer Falte des Gewandes wegzufegen – wie es dann heimlich wächst, und endlich als unangreifbarer Riese wolkig, dunkel zwischen ihnen steht: so war es auch hier. Einstens, ja in einem schönen Traume war es ihm gewesen, als zittre auch in ihr der Anfang jenes heißen Wesens, das so dunkel über seiner Seele lag, einstens in einem schönen Traume; aber dann war ihr Stolz wieder da, ihr Freiheitsstreben, ihr Wagen – alles, alles so ganz anders, als ihm sein schüchtern wachsendes, schwellendes Herz sagte, dass es sein solle – so ganz anders, ganz anders, dass er plötzlich knirschend Alles hinter sich geworfen, und nun dastand, wie Einer, der verachtet – und wie sie immer fortmalte und auch nicht eine Seitenbewegung ihres Hauptes machte, und auch nicht ein Wort sagte: da presste er die Zähne seines Mundes auf einander und dachte, er hasse dieses Weib recht inbrünstiglich! – Und wie Stunde um Stunde des Vormittags floss, – wie er ihren Atem hörte, und wie doch keine Sekunde etwas Anderes brachte, als immer dasselbe Bild: – da wurde es schwül im Zimmer, und auf einmal – er wusste nicht warum – trat er an das Fenster und sah hinaus. Es war draußen still, wie drinnen; ein traurig blauer Himmel zog über reglose grüne Bäume – der Jüngling meinte, er ringe mit einer Riesenschlange, um sie zu zerdrücken. Plötzlich war es, als höre er hinter sich einen dumpfen Ton, wie wenn etwas niedergelegt würde – er sah um: wirklich waren Palette und Malerstab weggelegt, und die Jungfrau saß im Stuhle rückgelehnt, die beiden Hände fest vor ihr Antlitz drückend. Einen Moment schaute er auf sie und begann zu beben; – dann ging er leise näher – sie regte sich nicht – dann noch näher – sie regte sich nicht – er hielt den Atem an, er sah auf die schönen Finger, die sich gegen die Blüte des Antlitzes drückten – und da sah er endlich, wie quellend Wasser zwischen ihnen vordrang – mit Eins lag er auf seinen Knieen vor ihr. Man erzählt von einer fabelhaften Blume der Wüste, die jahrelang ein starres Kraut war, aber in einer Nacht bricht sie in Blüten auf, sie erschrickt und schauert in der eigenen Seligkeit – so war's hier:

mit Angst suchte er unter ihren Händen empor in ihr Angesicht zu schauen; allein er konnte es nicht sehen, – er suchte sanft den Arm zu fassen, um ihre eine Hand herabzuziehen; – allein sie ließ den Arm nicht. Da pressten seine Lippen das heiße Wort heraus: „Liebe, teure Cornelia!"

Sie drückte ihre Hände nur noch fester gegen das Gesicht, und nur noch heißer und nur noch reichlicher flossen die Tränen hervor.

Ihm aber – – wie war ihm denn? Angst des Todes war es über diese Tränen, und dennoch rollte jede wie eine Perle jauchzenden Entzückens über sein Herz – – wo ist die Schlange am Fenster hin? wo der drückende blaue Himmel? – Ein lachendes Gewölbe sprang über die Welt, und die grünen Bäume wiegten ein Meer von Glanz und Schimmer!

Er hatte noch immer ihren Arm gefasst aber er suchte nicht mehr ihn herabzuziehen – sie ward ruhiger – endlich stille. Ohne das Antlitz zu enthüllen, sagte sie leise: „Sie haben mir einst über mein den Männern nachgebildetes Leben ein Freundeswort gesagt, ..."

„Lassen wir das," unterbrach er sie, „es war Torheit, Anmaßung von mir ..."

„Nein, nein," sagte sie, „ich muss reden, ich muss Ihnen sagen, dass es anders werden wird – – ach, ich bin doch nur ein armes, schwaches Weib, wie schwach, wie arm selbst gegen jenen greisen hinfälligen Mann – – sie erträgt den Himmel nicht! – – "

Hier stockte sie, und wieder wollten Tränen kommen. Der Jüngling zog nun ihre Hände herab; sie folgte, aber der erste Blick den sie auf ihn tat, machte sie erschrecken, dass plötzlich die Tränen stockten. Wie war er verwandelt! Aus den Locken des Knaben schaute ein gespanntes, ernstes Männerantlitz empor, schimmernd in dem fremden Glanze des tiefsten Fühlens; – aber auch sie war anders: in den stolzen dunklen Sonnen lag ein Blick der tiefsten Demut, und diese demütigen Sonnen hafteten beide auf ihm, und so weich, so liebreich wie nie – – hingegeben, hilflos, willenlos – sie sahen sich sprachlos an – die heiße Lohe des Gefühles wehte – das Herz war ohnmächtig – ein leises Ansichziehen – ein sanftes Folgen – und die Lippen schmolzen heiß zusammen, nur noch ein unbestimmter Laut der Stimme – und der seligste Augenblick zweier Menschenleben war gekommen, und – vorüber.

Der Kranz aus Gold und Ebenholz um ihre Häupter hatte sich gelöset, der Funke war gesprungen, und sie beugten sich auseinander – aber die Häupter blickten sich nun nicht an, sondern sahen zur Erde und waren stumm.

Nach langer, langer Pause wagte der Jüngling zuerst ein Wort, und sagte gedämpft: „Cornelia, was soll nun dieser Augenblick bedeuten?"

„Das Höchste, was er kann," erwiederte sie stolz und leise.

„Wohl, er ist das schönste, was mir Gott in meinem Leben vorgezeichnet," sagte er, „aber hinter der großen Seligkeit ist mir jetzt, als stände ein großer langer Schmerz – Cornelia – wie werde ich diesen Augenblick vergessen lernen?!"

„Um Gott nicht," sagte sie erschrocken, „Gustav, lieber, einziger Freund, den allein ich auf dieser weiten Erde hatte, als ich mich verblendet über mein Geschlecht erheben wollte – wir wollen ihn auch nicht vergessen; ich müsste mich hassen, wenn ich es je könnte. – Und auch Sie, bewahren Sie mir in Liebe und Wahrheit Ihr großes, schönes Herz."

Er schlug nun plötzlich die Augen zu ihr auf, erhob sich von dem Sitze, trat vor sie, ordentlich höher geworden, wie ein starker Mann, und rief: „Vielleicht ist dieses Herz reicher, als ich selber weiß; eben kommt ihm ein Entschluss, der mich selber überrascht, aber er ist gut: meine vorgenommene Reise trete ich sogleich, und zwar morgen schon an. – Ich kann noch an das neue Glück nicht glauben – ist es etwa nur ein Moment, ein Blitz, in dem zwei Herzen sich begegneten, und ist es dann wieder Nacht? Lass uns nun sehen, was diese

Herzen sind. Verloren kann diese Minute nie sein, aber was sie bringen wird!? Sie bringe, was sie muss und kann – und so gewiss eine Sonne draußen steht, so gewiss wird sie eines Tages die Frucht der heutigen Blume beleuchten, sie sei so oder so – – – ich weiß nur eines, dass draußen eine andere Welt ist, andere Bäume, andere Lüfte – und ich ein anderer Mensch. O Cornelia, hilf mir's sagen, welch' ein wundervoller Sternenhimmel in meinem Herzen ist, so selig, leuchtend, glänzend, als sollt ich ihn in Schöpfungen ausströmen, so groß, als das Universum selbst, – aber ach, ich kann es nicht, ich kann ja nicht einmal sagen, wie grenzenlos, wie unaussprechlich, und wie ewig ich Sie liebe, und lieben will, so lange nur eine Faser dieses Herzens halten mag."

Cornelia war im höchsten Grade erstaunt über den Jüngling und seine Sprache. – Sie war mit ihm in gleichem Alter, aber sie war eine aufgeblühte volle Blume, er konnte zu Zeiten fast noch ein Knabe heißen. – Bewusst oder unbewusst hatte sie die Liebe vorzeitig aus ihm gelockt – in einer Minute war er ein Mann geworden; er wurde vor ihren Augen immer schöner, wie Seele und Liebe in sein Gesicht trat, und sie sah ihn mit Entzücken an, wie er vor ihr stand, so schön, so kräftig, schimmernd schon von künftigem Geistesleben und künftiger Geistesgröße, und doch unschuldig, wie ein Knabe, und unbewusst der göttlichen Flamme, Genie, die um seine Scheitel spielte.

Seele kann nur Seele lieben, und Genie nur Genie entzünden.

Cornelia war nun auch aufgestanden, sie hatte ihre schönen Augen zu ihm emporgeschlagen, und alles, was je gut und edel und schön war in ihrem Leben, die unbegrenzte Fülle eines guten Herzens lag in ihrem Lächeln, und sie wusste es nicht, und meinte zu arm zu sein, um dieses Herz lohnen zu können, das sich da vor ihr entfaltete. Er aber versprach sich in diesem Momente innerlich, dass er ringen wolle, so lange ein Hauch des Lebens in ihm sei, bis er geistesgroß und tatengroß vor allen Menschen der Welt dastehe, um ihr nur vergelten zu können, dass sie ihr herrlich Leben an ihn hingebe für kein anderes Pfand, als für sein Herz.

Sie waren mittlerweile an das Fenster getreten, und so sehr jedes innerlich sprach, so stumm, und so befangener wurden sie äußerlich.

Es ist seltsam, wie das Gemüt in seiner Unschuld ist: wenn der erste Wonnesturz der ersten Liebe auf dasselbe fällt, und nun vorüber ist, – so ist der erste Eindruck der, zu fliehen, selbst vor der Geliebten zu fliehen, um die stumme Übermacht in's Einsame zu tragen.

So standen auch die Beiden an dem Fenster, so nahe aneinander, und doch so fern. Da trat die Amme ein, und gab Beide sich selbst wieder. Er vermochte es, von seiner Reise und von seinen Planen zu sprechen, und als die Amme sagte, er möge doch auch schreiben, und die Gebirge und Wälder und Quellen so schön beschreiben, wie er oft auf Spaziergängen getan habe, – da streifte sein Blick scheu auf Cornelia, und er sah, wie sie errötete.

Als endlich die Amme wieder abgerufen wurde, nahm auch er sachte seinen Hut, und sagte: „Cornelia, leben Sie wohl!"

„Reisen Sie recht glücklich," antwortete sie, und setzte hinzu: „Schreiben Sie einmal."

Sie hatte nicht mehr den Mut, nur noch mit einem Worte die vergangene Szene zu berühren. Sie getraute sich nicht zu bitten, dass er die Reise aufschiebe, und er nicht zu sagen, dass er lieber hier bliebe, und so gingen sie auseinander, nur dass er unter der Tür noch einmal umblickte, und die liebe teure Gestalt schamvoll neben den Blumen stehen sah.

Als er aber draußen war, eilte sie rasch vor ihr Marienbild, sank vor demselben auf die Kniee, und sagte: „Mutter der Gnaden, Mutter der Waisen, höre mein Gelübde: ein demütig schlechtes Blümchen will ich hinfort sein und bleiben, das er mit Freuden an sein schönes Künstlerherz stecke, damit er dann wisse, wie unsäglich ich ihn liebe und ewig lieben werde."

Und wieder flossen ihre Tränen, aber es waren linde, warme und selige.

So trennten sich zum erstenmal zwei Menschen, die sich gefunden. Wer weiß es, was die Zukunft bringen wird? Beide sind sie unschuldige, überraschte Herzen, Beider glühendster, einzigster Entschluss ist es, das Äußerste zu wagen, um nur einander wert zu sein, um nur sich zu besitzen, immerfort in Ewigkeit und Ewigkeit.

Ach, ihr Armen, kennt ihr denn die Herrlichkeit, und kennt ihr denn die Tücke des menschlichen Herzens?

4. Fruchtstück

Manches Jahr war seit dem Obigen verflossen, allein es liegt nichts davon vor. – Welch' ein Glühen, welch' ein Kämpfen zwischen Beiden war, wer weiß es? Nur ein ganz kleines Bild aus späterer Zeit ist noch da, welches ich gerne gebe.

Vor einigen Jahren war ich in Paris, und hörte einmal zufällig beim Restaurateur einem heftigen Streite zu, der sich über den Vorzug zweier Bilder erhob, die eben auf der Ausstellung waren. Wie es zu gehen pflegt, einer pries das erste, der andere das zweite, aber darin waren Alle einig, dass die neue Zeit nichts dem Ähnliches gesehen habe, und was die ganze Welt nur noch mehr reizte, war, dass kein Mensch wusste, von wem die Bilder seien.

„Ich kenne den Künstler," rief ein langer Herr, „es ist derselbe blasse Mann, der vorigen Sommer so oft auf dem Turme von Notre-Dame war, und so viel schwieg. Er soll jetzt in Südamerika sein."

„Das Bild ist von Mousard," sagte ein Anderer, „er will nur die Welt äffen."

„Ja, das malt einmal Mousard," schrie ein Dritter, „die Gemälde sind darum mit einem falschen Namen versehen, sage ich, weil sie von einer hohen Hand sind."

Einige lachten, Andere schrieen, und so ging es fort, ich aber begab mich vom Restaurateur auf den Salon, um diese gepriesenen Stücke zu sehen. Ich fand sie leicht, und in der Tat, sie machten mich eben so betroffen, wie die Andern, die neben mir standen. Es waren zwei Mondbilder – nein, keine Mondbilder, sondern wirkliche Mondnächte, aber so dichterisch, so gehaucht, so trunken, wie ich nie solche gesehen. Immer stand eine gedrängte Gruppe davor, und es war merkwürdig, wie selbst dem Munde der untersten Klassen ein Ruf des Entzückens entfuhr, wenn sie dieselben erblickten, und von dieser Natur getroffen wurden. Das erste war eine große Stadt von oben gesehen, mit einem Gewimmel von Häusern, Türmen, Kathedralen, im Mondlichte schwimmend – das zweite eine Flusspartie in einer schwülen, elektrischen, wolkigen Sommermondnacht.

„Gustav R… aus Deutschland," stand im Kataloge, und man kann denken, welche Reihe von Erinnerungen plötzlich in mir aufzuckten, als ich „Gustav" las – ich kannte nun den Künstler sehr wohl. – Also auf diese Weise, dachte ich, ist dein Herz in Erfüllung gegangen, und hat sich deine Liebe entfaltet! Armer, getäuschter Mann! – Auch das werden unsere Leser verstehen, was sich damals ganz Paris als eine Seltsamkeit und Künstlerlaune erzählte, dass nämlich auf jedem Bilde eine Katze vorkomme – der ehrliche gute Hinze.

Ich blieb fast bis zum Schlusse, und sah nun auch die andern Bilder an. Als ich auf meinem Rückwege durch die Säle wieder an den zwei Gemälden vorüberkam, bemerkte ich, wie ein Galleriediener einer Dame, die davor stand, bedeutete, dass sie gehen müsse, weil geschlossen werde. Die Dame zögerte noch einen Moment, dann lös'te sie ihr Auge von den Gemälden, und wandte sich zum Gehen – nie wurde ich von zwei schöneren Augen getroffen – sie ließ den Schleier überfallen und ging davon.

Ich konnte damals nicht ahnen, wer sie war, und erst heute nach einer Reihe von Jahren vermag ich zu berichten, dass die Dame nach jenem Besuche in dem Salon nach ihrem Hause in der Straße St. Honore fuhr, dass sie dort in ihrem Schlafgemache die Fenstervorhänge niederließ, die Hände über ihrem Haupte zusammenschlug, und dann ihr Angesicht tief in die Kissen des Sofa's drückte. Wie zuckte in ihrem

Gehirne all das leise Flimmern und Leuchten dieser unschuldigen, keuschen Bilder gleichsam leise, leise Vorwürfe einer Seele, die da schweigt, aber mit Lichtstrahlen redet, die tiefer dringen, die immer da sind, immer leuchten, und nie verklingen, wie der Ton!

Paris wusste es nicht, als jenes Tages seine gefeiertste Schönheit in keinem der Zirkel erschien, die Schönheit, welche tausend Herzen entzündete, und mit tausenden spielte – Paris wusste es nicht, dass sie zu Hause in ihrem verdunkelten Zimmer sitze, und hilflos siedende Tränen über ihre Wangen rollen lasse, Tränen, die ihr fast das lechzende Herz zerdrücken wollten; – aber es war vergebens, vergebens! Gelassen und kalt stand die Macht des Geschehenen vor ihrer Seele, und war nie und nimmermehr zu beugen – und fern, fern von ihr in den Urgebirgen der Cordilleren wandelte ein unbekannter, starker, verachtender Mensch, um dort neue Himmel für sein wallendes, schaffendes, dürstendes, schuldlos gebliebenes Herz zu suchen.

Anmerkungen zu dem Condor

Es wurde im zweiten Kapitel gesagt, dass den Luftschiffern die Erde in goldnem Rauche erschien, dass die Sterne sichtbar wurden, und dass der beleuchtete Ballon in schwarzem finsterm Rauche hing.
Für Nichtphysiker diene folgende kleine Erklärung:

Da das von der beleuchteten Erde allseitig in die Luft geworfene Licht blau reflektirt wird, so ist das hinausgehende nach der Optik) das komplementäre Orange, daher die Erde, von außen gesehen, golden erscheint, wie die andern Sterne.

Das Licht selbst ist nicht sichtbar, sondern nur dievon ihm getroffenen Flächen, daher der gegenstandlose Raum schwarz ist. Das Licht ist nur auf den Welten, nicht zwischen denselben erkennbar. Wäre unsere Erde von keiner Luft umgeben, so stände die Sonne als scharfe Scheibe in völligem Schwarz.

Dass wir am Tage keine Sterne sehen, rührt von dem Lichtglanze, den alle Objeke in's Auge senden; wo dieser abgehalten wird, wie z.B. in tiefen Brunnen, erscheinen uns auch die Sterne am Tage.

Das Haidedorf

Die Haide

Im eigentlichen Sinne des Wortes ist es nicht eine Haide, wohin ich den lieben Leser und Zuhörer führen will, sondern weit von unserer Stadt ein traurig liebliches Fleckchen Landes, das sie die Haide nennen, weil seit unvordenklichen Zeiten nur kurzes Gras darauf wuchs, hie und da ein Stamm Haideföhre, oder die Krüppelbirke, an deren Rinde zuweilen ein Wollflöckchen hing, von den wenigen Schafen und Ziegen, die zeitweise hier herumgingen. Ferner war noch in ziemlicher Verbreitung die Wachholderstaude da, im Weitern aber kein andrer Schmuck mehr; man müsste nur die fernen Berge hierher rechnen, die ein wunderschönes blaues Band um das mattfärbige Gelände zogen.

Wie es aber des Öftern geht, dass tiefsinnige Menschen, oder solche, denen die Natur allerlei wunderliche Dichtung und seltsame Gefühle in das Herz gepflanzt hatte, gerade solche Orte aufsuchen und liebgewinnen weil sie da ihren Träumen und innerem Klingklang nachgehen können: so geschah es auch auf diesem Haideflecke. Mit den Ziegen und Schafen nämlich kam auch sehr oft ein schwarzäugiger Bube von zehn oder zwölf Jahren, eigentlich um dieselben zu hüten; aber wenn sich die Tiere zerstreuten – die Schafe um das kurze würzige Gras zu genießen, die Ziegen hingegen, für die im Grunde kein passendes Futter da war, mehr ihren Betrachtungen und der reinen Luft überlassen, nur so gelegentlich den einen oder andern weichen Sprossen pflückend – fing er inzwischen an, Bekanntschaft mit den allerlei Wesen zu machen, welche die Haide hegte, und schloss mit ihnen Bündnis und Freundschaft.

Es war da ein etwas erhabener Punkt, an dem sich das graue Gestein, auch ein Mitbesitzer der Haide, reichlicher vorfand, und sich gleichsam emporschob, ja sogar am Gipfel mit einer überhängenden Platte ein Obdach und eine Rednerbühne bildete. Auch der Wachholder drängte sich dichter an diesem Orte, sich breit machend in vielzweiger Abstammung und Sippschaft nebst manch schönblumiger Distel. Bäume aber waren gerade hier weit und breit keine, weshalb eben die Aussicht weit schöner war, als an andern Punkten, vorzüglich gegen Süden, wo das ferne Moorland, so ungesund für seine Bewohner, so schön für das entfernte Auge, blauduftig hinausschwamm in allen Abstufungen der Ferne. Man hieß den Ort den Roßberg; aus welchen Gründen, ist unbekannt, da hier nie seit Menschenbesinnen ein Pferd ging, was überhaupt ein für die Haide zu kostbares Gut gewesen wäre.

Nach diesem Punkte nun wanderte unser kleiner Freund am allerliebsten, wenn auch seine Pflegebefohlenen weit ab in ihren Berufsgeschäften gingen, da er aus Erfahrung wusste, dass keines die Gesellschaft verließ, und er sie am Ende alle wieder vereint fand, wie weit er auch nach ihnen suchen musste; ja, das Suchen war ihm selber abenteuerlich, vorzüglich, wenn er weit und breit wandern musste. Auf dem Hügel des Roßberges gründete er sein Reich. Unter dem überhängenden Blocke bildete er nach und nach durch manche Zutat, und durch mühevolles, mit spitzen Steinen bewerkstelligtes Weghämmern einen Sitz, anfangs für Einen, dann füglich für Drei geräumig genug; auch ein und das andere Fach wurde vorgefunden oder hergerichtet, oder andere bequeme Stellen und Winkel, wohin er seinen leinenen Haidesack legte, und sein Brot, und die unzähligen Haideschätze, die er oft hierher zusammen trug. Gesellschaft war im Übermaße da. Vorerst die vielen großen Blöcke, die seine Burg bildeten, ihm alle bekannt und benannt, jeder anders an Farbe und Gesichtsbildung, der unzähligen kleinen gar nicht zu gedenken, die oft noch bunter und farbenfeuriger waren. Die großen teilte er ein, je nachdem sie ihn durch Abenteuerlichkeit entzückten, oder durch Gemeinheit ärgerten: die kleinen liebte er alle. Dann war der Wachholder, ein widerspenstiger Geselle, unüberwindlich zähe in seinen Gliedern, wenn er einen köstlichen, wohlriechenden Hirtenstab sollte fahren lassen, oder Platz machen für einen anzulegenden Weg; – seine Äste starrten rings von Nadeln, strotzten aber auch in allen Zweigen von Gaben der Ehre, die sie Jahr aus Jahr ein den reichlichen Haidegästen auftischten, die millionenmal Millionen blauer und grüner Beeren. Dann waren die wundersamen Haideblümchen, glutfärbig oder himmelblau brennend, zwischen dem sonnigen Gras des Gesteines, oder jene unzählbaren kleinen, zwischen dem Wachholder sprossend, die ein weißes Schnäbelchen aufsperren, mit einem gelben Zünglein darinnen – auch manche Erdbeere war hie und da, selbst zwei Himbeersträuche, und sogar, zwischen den Steinen emporwachsend, eine lange Haselrute. Böse Gesellschaft fehlte wohl auch nicht, die er vom Vater gar wohl kannte, wenn sie auch schön war, z. B. hie und da, aber sparsam, die Einbeeren, die er nur schonte, weil sie so glänzend schwarz waren, so schwarz, wie gar nichts auf der ganzen Haide; seine Augen ausgenommen, die er freilich nicht sehen konnte.

Fast sollte man von der lebenden und bewegenden Gesellschaft nun gar nicht mehr reden, so viel ist schon da; aber diese Gesellschaft ist erst vollends ausgezeichnet. Ich will von den tausend und tausend goldenen, rubinenen, smaragdenen Tierchen und Würmchen gar nichts sagen, die auf

Stein, Gras und Halm kletterten, rannten und arbeiteten, weil er von Gold, Rubinen und Smaragden noch nichts sah, außer was der Himmel und die Haide zuweilen zeigte; – aber von Anderem muss gesprochen werden. Da war einer seiner Günstlinge, ein schnarrender purpurflügliger Springer, der dutzendweise vor ihm aufflog, und sich wieder hinsetzte, wenn er eben seine Gebiete durchreisete – da waren dessen unzählbare Vettern, die größern und kleinern Heuschrecken, in missfarbiges Grün gekleidete Heiduken, lustig und rastlos zirpend und schleifend, dass an Sonnentagen ein zitterndes Gesinge längs der ganzen Haide war – dann waren die Schnecken mit und ohne Häuser, braune und gestreifte, gewölbte und platte, und sie zogen silberne Straßen über das Haidegras, oder über seinen Filzhut, auf den er sie gerne setzte – dann die Fliegen, summende, singende, piepende, blaue, grüne, glasflüglige – dann die Hummel, die schläfrig vorbeiläutete – die Schmetterlinge, besonders ein kleiner mit himmelblauen Flügeln, auf der Kehrseite silbergrau mit gar anmutigen Äuglein, dann noch ein kleinerer mit Flügeln, wie eitel Abendröte – dann endlich war die Ammer, und sang an vielen Stellen; die Goldammer, das Rotkehlchen, die Haidelerche, dass von ihr oft der ganze Himmel voll Kirchenmusik hing; der Distelfink, die Grasmücke, der Kibitz, und andere und wieder andere. Alle ihre Nester lagen in seiner Monarchie, und wurden aufgesucht und beschützt. Auch manch rotes Feldmäuschen sah er schlüpfen und schonte sein, wenn es plötzlich stille hielt, und ihn mit den glänzenden erschrockenen Äuglein ansah. Von Wölfen oder andern gefährlichen Bösewichtern war seit Urzeiten aller seiner Vorfahren keiner erlebt worden, manches eiersaufende Wiesel ausgenommen, das er aber mit Feuer und Schwert verfolgte.

Inmitten all dieser Herrlichkeiten stand er, oder ging, oder sprang, oder saß er – ein herrlicher Sohn der Haide: aus dem tiefbraunen Gesichtchen voll Güte und Klugheit leuchteten in blitzendem, unbewusstem Glanze die pechschwarzen Augen, voll Liebe und Kühnheit, und reichlich zeigend jenes gefahrvolle Elemente, was ihm geworden und in der Haideeinsamkeit zu sprossen begann, eine dunkle glutensprühige Fantasie. Um die Stirne war eine Wildnis dunkelbrauner Haare, kunstlos den Winden der Fläche hingegeben. Wenn es mir erlaubt wäre, so würde ich meinen Liebling vergleichen mit jenem Hirtenknaben aus den heiligen Büchern, der auch auf der Haide vor Bethlehem sein Herz fand, und seinen Gott, und die Träume der künftigen Königsgröße. Aber so ganz arm, wie unser kleiner Freund, war jener Hirtenknabe gewiss nicht; denn des ganzen lieben Tages Länge hatte er nichts, als ein tüchtig Stück schwarzen Brotes, wovon er unbegreiflicher Weise seinen blühenden Körper und den noch blühendern Geist nährte, und ein klares kühles Wasser, das unweit des Roßberges vorquoll, ein Brünnlein füllte, und dann flink längs der Haide forteilte, um mit andern Schwestern vereint jenem fernen Moore zuzugehen, dessen wir oben gedachten. Zu guten Zeiten waren auch ein oder zwei Ziegenkäse in der Tasche. Aber ein Nahrungsmittel hatte er in einer Güte und Fülle, wie es der überreichste Städter nicht aufweisen kann, einen ganzen Ozean der heilsamsten Luft um sich, und eine Farbe und Gesundheit reifende Lichtfülle über sich. Abends, wenn er heim kam, wohin er sehr weit hatte, kochte ihm die Mutter eine Milchsuppe, oder einen köstlichen Brei aus Hirse. Sein Kleid war ein halbgebleichtes Linnen. Weiter hatte er noch einen breiten Filzhut, den er aber selten auftat, sondern meistens in seinem Schlosse an einen Holznagel hing, den er in die Felsenritze geschlagen hatte.

Dennoch war er stets lustig, und wusste sich oft nicht zu halten vor Frohsinn. Von seinem Königssitze aus herrschte er über die Haide. Teils durchzog er sie weit und breit, teils saß er hoch oben auf der Platte oder Rednerbühne, und so weit das Auge gehen konnte, so weit ging die Fantasie mit, oder sie ging noch weiter, und überspann die ganze Fernsicht mit einem Fadennetze von Gedanken und Einbildungen, und je länger er saß, desto dichter kamen sie, so dass er oft am Ende selbst ohnmächtig unter dem Netze steckte. Furcht der Einsamkeit kannte er nicht; ja, wenn recht weit und breit kein menschliches Wesen zu erspähen war, und nichts, als die heiße Mittagsluft längs der ganzen Haide zitterte, dann kam erst recht das ganze Gewimmel seiner innern Gestalten daher, und bevölkerte die Haide. Nicht selten stieg er dann auf die Steinplatte, und hielt sofort eine Predigt und Rede – unten standen die Könige und Richter, und das Volk und die Heerführer, und Kinder und Kindeskinder, zahlreich, wie der Sand am Meere; er predigte Buße und Bekehrung – und Alle lauschten auf ihn; er beschrieb ihnen das gelobte Land, verhieß, dass sie Heldentaten tun würden, und wünschte zuletzt nichts sehnlicher, als dass er auch noch ein Wunder zu wirken vermöchte. Dann stieg er hernieder und führte sie an, in die fernsten und entlegensten Teile der Haide, wohin er wohl eine Viertelstunde zu gehen hatte – zeigte ihnen nun das ganze Land der Väter, und nahm es ein mit der Schärfe des Schwertes. Dann wurde es unter die Stämme ausgeteilt, und jedem das Seinige zur Verteidigung angewiesen.

Oder er baute Babilon, eine furchtbare und weitläufige Stadt – er baute sie aus den kleinen Steinen des Roßberges, und verkündete den Heuschrecken und Käfern, dass hier ein gewaltiges Reich entstehe, das Niemand überwinden kann, als Cyrus, der morgen oder übermorgen kommen werde, den gottlosen König Balsazar zu züchtigen, wie es ja Daniel längst vorher gesagt hat.

Oder er grub den Jordan ab, d. i. den Bach, der von der Quelle floss, und leitete ihn anderer Wege – oder er tat das alles nicht, sondern entschlief auf der offenen Fläche, und ließ über sich einen bunten Teppich der Träume weben. Die Sonne sah ihn an, und lockte auf die schlummernden Wangen eine Röte, so schön und so gesund, wie an gezeitigten Äpfeln, oder so reif, und kräftig, wie an der Lichtseite vollkörniger Haselnüsse, und wenn sie endlich gar die hellen großen Tropfen auf seine Stirne gezogen hatte, dann erbarmte ihr der Knabe und sie weckte ihn mit einem heißen Kusse.

So lebte er nun manchen Tag und manches Jahr auf der Haide, und wurde größer und stärker, und in das Herz kamen tiefere, dunklere und stillere Gewalten, und es ward ihm wehe und sehnsüchtig – und er wusste nicht, wie ihm geschah. Seine Erziehung hatte er vollendet, und was die Haide geben konnte, das hatte sie gegeben; der reife Geist schmachtete nun nach seinem Brote, dem Wissen, und das Herz nach seinem Weine, der Liebe. Sein Auge ging über die fernen Duftstreifen des Moores, und noch weiter hinaus; als müsse dort draußen etwas sein, was ihm fehle, und als müsse er eines Tages seine Lenden gürten, den Stab nehmen, und weit, weit von seiner Herde gehen.

Die Wiese, die Blumen, das Feld und seine Ähren, der Wald und seine unschuldigen Tierchen sind die ersten und natürlichen Gespielen und Erzieher des Kinderherzens. Überlass den kleinen Engel nur seinem eigenen innern Gotte, und halte bloß die Dämonen ferne, und er wird sich wunderbar erziehen und vorbereiten. Dann, wenn das fruchtbare Herz hungert nach Wissen und Gefühlen, dann schließ ihm die Größe der Welt, des Menschen und Gottes auf.

Und somit lasst uns Abschied nehmen von dem Knaben auf der Haide.

Das Haidehaus

Eine gute Wegestunde von dem Roßberge stand ein Haus, oder vielmehr eine weitläufige Hütte. Sie stand am Rande der Haide weit ab jeder Straße menschlichen Verkehres; sie stand ganz allein, und das Land um sie war selber wieder eine Haide, nur anders, als die, auf der der Knabe die Ziegen hütete. Das Haus war ganz aus Holz, fasste zwei Stuben und ein Hinterstübchen, alles mit mächtigen braunschwarzen Tragebalken, daran manch Festkrüglein hing, mit schönen Trinksprüchen bemalt. Die Fenster, licht und geräumig, sahen auf die Haide, und das Haus war umgeben von dem Stalle, Schoppen und der Scheune. Es war auch ein Gärtlein vor demselben, worin Gemüse wuchs, ein Hollunderstrauch und ein alter Apfelbaum stand – weiter ab waren noch drei Kirschbäume, und unansehnliche Pflaumengesträuche. Ein Brunnen floss vor dem Hause, kühl, aber sparsam; er floss von dem hohen starken Holzschafte in eine Kufe nieder, die aus einem einzigen Haidestein gehauen war.

In diesem Hause war es sehr einsam geworden; es wohnten nur ein alter Vater und eine alte Mutter darinnen, und eine noch ältere Großmutter – und Alle waren sie traurig; denn er war fortgezogen, weit in die Fremde, der das Haus mit seiner jugendlichen Gestalt belebt hatte, und der die Freude Aller war. Freilich spielte noch ein kleines Schwesterlein an der Türschwelle, aber sie war noch gar zu klein, und war noch zu töricht; denn sie fragte ewig, wann der Bruder Felix wieder kommen werde. Weil der Vater Feld und Wiese besorgen musste, so war ein anderer Ziegenknabe genommen worden;

allein dieser legte auf der Haide Vogelschlingen, trieb immer sehr früh nach Hause, und schlief gleich nach dem Abendessen ein. Alle Wesen auf der Haide trauerten um den schönen lockigen Knaben, der von ihnen fortgezogen.

Es war ein traurig schöner Tag gewesen, an dem er fortgegangen war. Sein Vater war ein verständig stiller Mann, der ihm nie ein Scheltwort gegeben hatte, und seine Mutter liebte ihn, wie ihren Augapfel; – und aus ihrem Herzen, dem er oft und gerne lauschte, sog er jene Weichheit und Fantasiefülle, die sie hatte, aber zu nichts verwenden konnte, als zu lauter Liebe für ihren Sohn. Den Vater ehrte sie als den Oberherrn, der sich Tag und Nacht so plagen müsse, um den Unterhalt herbeizuschaffen, da die Haide karg war, und nur gegen große Mühe sparsame Früchte trug, und oft die nicht, wenn Gott ein heißes Jahr über dieselbe herabsandte. Darum lebten sie in einer friedsamen Ehe, und liebten sich pflichtgetreu von Herzen, und standen einander in Not und Kummer bei. Der Knabe kannte daher nie den giftigen Mehltau für Kinderherzen, Hader und Zank, außer, wenn ein stößiger Bock Irrsal stiftete, den er aber immer mit tüchtigen Püffen seiner Faust zu Paaren trieb, was das böseste Tier von ihm, und nur von ihm allein gutwillig litt, weil es wohl wusste, dass er sein Beschützer und zuversichtlicher Kamerade sei. Der Vater liebte seinen Sohn wohl auch, und gewiss nicht minder als die Mutter, aber nach der Verschämtheit gemeiner Stände, zeigte er diese Liebe nie, am wenigsten dem Sohne – dennoch konnte man sie recht gut erkennen an der Unruhe, mit der er aus– und einging, und an den Blicken, die er häufig gegen den Roßberg tat, wenn der Knabe einmal zufällig später von der Haide heim kam, als gewöhnlich – und der Bube wusste und kannte diese Liebe sehr wohl, wenn sie sich auch nicht äußerte.

Von solchen Eltern hatte er keinen Widerstand zu erfahren, als er den Entschluss aussprach, in die Welt zu gehen, weil er durchaus nicht mehr zu Hause zu bleiben vermöge.

Ja, der Vater hatte schon seit langem wahrgenommen, wie der Knabe sich in Einbildungen und Dingen abquäle, die ihm selber von Kindheit an nie gekommen waren; er hielt sie deshalb für Geburten der Haideeinsamkeit, und sann auf deren Abhilfe. Die Mutter hatte zwar nichts Seltsames an ihrem Sohne bemerkt, weil eigentlich ohnehin ihr Herz in dem seinen schlug; allein sie willigte doch in seine Abreise aus einem dunklen Instinkte, dass er da ausführe, was ihm Not tue.

Noch eine Person musste gefragt werden, nicht von den Eltern, sondern von ihm: die Großmutter. Er liebte sie zwar nicht so wie die Mutter, sondern ehrte und scheute sie vielmehr; aber sie war es auch gewesen aus der er die Anfänge jener Fäden zog, aus welchen er vorerst seine Haidefreuden webte, dann sein Herz und sein ganzes zukünftiges Schicksal. Weit über die Grenze des menschlichen Lebens schon hinausgeschritten saß sie, wie ein Schemen hinten am Hause im Garten an der Sonne, ewig einsam und ewig allein in der Gesellschaft ihrer Toten, und zurückspinnend an ihrer innern ewig langen Geschichte. Aber so wie sie dasaß, war sie nicht das gewöhnliche Bild unheimlichen Hochalters, sondern wenn sie oft plötzlich ein oder das andere ihrer innern Geschöpfe anredete, als ein lebendes und vor ihr wandelndes; oder, wenn sie sanft lächelte, oder betete, oder mit sich selbst redete, wundersam spielend in Blödsinn und Dichtung, in Unverstand und Geistesfülle: so zeigte sie gleichsam, wie eine mächtige Ruine, rückwärts auf ein denkwürdiges Dasein. Ja der Menschenkenner, wenn hier je einer hergekommen wäre, würde aus den wenigen Blitzen, die noch gelegentlich auffuhren, leicht erkannt haben, dass hier eine Dichtungsfülle ganz ungewöhnlicher Art vorübergelebt worden war, ungekannt von der Umgebung, ungekannt von der Besitzerin, vorübergelebt in dem schlechten Gefäße eines Haidebauerweibes. Ihre gemütreiche Tochter, die Mutter des Knaben, war nur ein schwaches Abbild derselben. Das alte Weib hatte in ihrem ganzen Leben voll harter Arbeiten nur ein einziges Buch gelesen, die Bibel; aber in diesem Buche las und dichtete sie siebenzig Jahre. Jetzt tat sie es zwar nicht mehr, verlangte auch nicht mehr, dass man ihr vorlese; aber ganze Prophetenstellen sagte sie oft laut her, und in ihrem Wesen war Art und Weise jenes Buches ausgeprägt, so dass selbst zuletzt ihre gewöhnliche Redeweise etwas Fremdes und gleichsam Morgenländisches zeigte. Dem Knaben erzählte sie die heiligen Geschichten. Da saß er nun oft an Sonntagnachmittagen gekauert an dem Holunderstrauch – und wenn die Wunder, und die Helden kamen, und die fürchterlichen Schlachten, und die Gottesgerichte – und wenn sich dann die Großmutter in die Begeisterung geredet, und der alte Geist die Ohnmacht seines Körpers überwunden hatte – und wenn sie nun anfing, zurückgesunken in die Tage ihrer Jugend, mit dem welken Munde zärtlich und schwärmerisch zu reden, mit einem Wesen, das er nicht sah, und in Worten, die er nicht verstand, aber tiefergriffen instinktmäßig nachfühlte, und wenn sie um sich alle Helden der Erzählung versammelte, und ihre eigenen Verstorbenen einmischte, und nun alles durcheinander reden ließ: da grauete er sich innerlich entsetzlich ab, und um so mehr, wenn er sie gar nicht mehr verstand – allein er schloss alle Tore seiner Seele weit auf, und ließ den fantastischen Zug eingehen, und nahm des andern Tags das ganze Getümmel mit auf die Haide, wo er alles wieder nachspielte.

Dieser Großmutter nun wollte er sein Vorhaben deuten, damit sie ihn nicht eines Tages zufällig vermisse, und sich innerlich kränke, als sei er gestorben.

Und so – an einem frühen Morgen stand er neben den Eltern reisefertig vor der Tür, sein dürftig Linnenkleid an, den breiten Hut auf dem Haupte, den Wachholderstab in der Hand, umgehängt den Haidesack, in welchem zwei Hemden waren und Käse und Brot. Eingenäht in die Brusttasche hatte er das wenige Geld, welches das Haus vermochte.

Die Großmutter, immer die erste wach, kniete bereits nach ihrer Sitte inmitten der Wiese an ihrem Holzschemel, den sie dahin getragen, und betete. Der Knabe warf einen Blick auf den Haiderand, welcher schwarz den lichten Himmel schnitt – dann trat er zu der Großmutter und sagte: „Liebe Mutter, ich gehe jetzt, lebet wohl und betet für mich!"

„Kind, Du musst der Schafe achten, der Trau ist zu früh, und zu kühl."

„Nicht auf die Haide gehe ich, Großmutter, sondern weit fort in das Land, um zu lernen und tüchtig zu werden, wie ich es Euch ja gestern Alles gesagt habe."

„Ja, Du sagtest es," erwiderte sie, „Du sagtest es, mein Kind – ich habe Dich mit Schmerzen geboren, aber Dir auch Gaben gegeben, zu werden, wie einer der Propheten und Seher – ziehe mit Gott, aber komme wieder, Jacobus!"

Jacobus hatte ihr Sohn geheißen, der auch einmal fortgegangen, vor mehr als sechzig Jahren, aber nie wieder zurückgekehrt war.

„Mutter, sagte er noch einmal, gebt mir Eure Hand."

Sie gab sie ihm; er schüttelte sie und sagte: „Lebt wohl, lebt wohl."

„Amen, Amen" sagte sie, als hörte sie zu beten auf.

Dann wandte sich der Knabe gegen die Eltern; das Herz war ihm so sehr emporgeschwollen – er sagte nichts, sondern mit eins hing er am Halse der Mutter, und sie, heiß weinend, küsste ihn auf beide Wangen, und schob ihm noch ein Geldstück zu, das sie einst als Patengeschenk empfangen, und immer aufgehoben hatte, allein er nahm es nicht. Dem Vater reichte er bloß die Hand, weil er sich nicht getraute, ihn zu umarmen. Dieser machte ihm ein Kreuz auf die Stirne, auf den Mund und die Brust, und als hierbei seine raue Hand zitterte, und um den harten Mund ein heftiges Zucken ging, da hielt sich der Knabe nicht mehr. Mit einem Tränengusse warf er sich an die Brust des Vaters, und dessen linker Arm umkrampfte ihn eine Sekunde, dann ließ er ihn los, und schob ihn wortlos gegen die Haide. Die Mutter aber rief ihn noch einmal, und sagte, er möge doch auch das kleine Schwesterchen gesegnen, die man in ihrem Bettlein ganz vergessen habe. Drei Kreuze machte er über den schlafenden Engel, dann schritt er schnell hinaus, und ging trotzig vorwärts gegen die Haide.

So ziehe mit Gott, du unschuldiger Mensch, und bringe nur das Kleinod wieder, was du so leichtsinnig fortträgst!

Als er an den Roßberg gekommen, ging die Sonne auf, und schaute in zwei treuherzige, zuversichtliche, aber rotgeweinte Augen. Am Haidehause spiegelte sie sich in den Fenstern, und an der Sense des Vaters, der mähen ging.

Das Haidedorf

Des ersten Abends war es öde und verlassen, und den beiden Eltern tat das Herz weh, als sie in der Dämmerung des Sommers zu Bette gingen, und auf seine leere Schlafstelle sahen. Um denselben Menschen, der vielleicht eben jetzt noch auf dürrer Heerstraße wanderte, und von Keinem beachtet, ja von den Meisten verachtet wurde, brachen fast zwei naturrohe Herzen im entlegenen Haidehause, dass sie ihn von nun an, vielleicht auf immer entbehren sollten; aber sie drückten den Schmerz in sich, und jedes trug ihn einsam, weil es zu schamhaft und unbeholfen war, sich zu äußern.

Aber es kam ein zweiter Tag, und ein dritter, und ein vierter, und jeder spannte denselben glänzenden Himmelsbogen über die Haide, und funkelte nieder auf die Fenster und das altergraue Dach des Hauses eben so freundlich und lieblich, wie als er noch da gewesen war.

Und dann kamen wieder Tage und wieder.

Die Arbeit und Freude des Landmanns, durch Jahrtausende einförmig, und durch Jahrtausende noch unerschöpft, zog auch hier geräuschlos und magisch ein Stück ihrer uralten Kette durch die Hütte, und an jedem ihrer Glieder hing ein Tröpflein Vergessenheit.

Die Großmutter trug nach wie vor ihren Holzschemel auf die Wiese, und betete daran, und sie und klein Marthe fragten täglich, wann denn Felix komme. Der Vater mähete Roggen und Gerste – die Mutter machte Käse und band Garben – und der fremde Ziegenbube trieb täglich auf die Haide. Von Felix wusste man nichts.

Die Sonne ging auf, und ging unter, die Haide wurde weiß, und wurde grün, der Holunderbaum und der Apfelbaum blühten vielmal – klein Marthe war groß geworden, und ging mit, um zu heuen und zu ernten, aber sie fragte nicht mehr, – und die Großmutter, ewig und unbegreiflich hinaus lebend, wie ein vom Tode vergessener Mensch, fragte auch nicht mehr, weil er ihr entfallen war, oder sich zu ihren heimlichen Fantasiegestalten gesellt hatte.

Die Felder des Haidebauers besserten sich nachgerade, als ob der Himmel seine Einsamkeit segnen und ihm vergelten wollte, und es wurde ihm so gut, dass er schon manchen Getreidesack aufladen, und mit schönen Ochsen fortführen konnte, wofür er dann einige Taler Geldes, und Neuigkeiten von der Welt draußen heimbrachte. Einmal kam auch ein Schreinergeselle mit seinem Wanderpacke zu Vater Niklas, dem Haidebauer, und brachte einen Gruß und einen Brief von Felix, und sagte, dass derselbe in der großen, weit entfernten Hauptstadt ein schmucker, fleißiger Student sei, dass ihn Alles liebe, und dass er gar eines Tages Kaplan in der großen Domkirche werden könnte. Der Schreinergeselle wurde über Nacht im Haidehause gut gehalten, und ließ eitel Freude zurück, als er des andern Tages in entgegengesetzter Richtung von dannen zog. So kam es, dass jedes Jahr ein- oder zweimal ein Wandersmann den Umweg über die Haide machte, dem schönen, freundlichen, handsamen Jünglinge zu Liebe, der gern einen Gruß an sein liebes Mütterchen schicken wollte. Ja sogar einesmals kam Einer geschritten, und konterfeite das Häuschen samt dem Brunnen und Flieder und Apfelbaume.

Auch andere Veränderungen begannen auf der Haide. Es kamen einmal viele Herren und vermaßen ein Stück Haideland, das seit Menschengedenken keines Herrn Eigentum gewesen war, und es kam ein alter Bauersmann, und zimmerte mit vielen Söhnen und Leuten ein Haus darauf, und fing an den vermessenen Fleck urbar zu machen. Er hatte fremdes Korn gebracht, das auf dem Haideboden gut anschlug, und im nächsten Jahre wogte ein grüner Ährenwald zunächst an Vater Niklas Besitzungen, wo noch im vorigen Frühlinge nur Schlehen und Liebfrauenschuh geblüht hatten. Der alte Bauer war ein freundlicher Mann, ein Mann vieler Kenntnisse, und teilte gerne seinen Rat und sein Wissen und seine Hilfe an die frühern Haidebewohner, und hielt gute Nachbarschaft mit Vater Niklas. Sie fuhren nun Beide gar in die Stadt, verkauften dort ihr Getreide weit besser, und am Getreidemarkt im goldenen Rosse waren die Haidebauern wohl gekannt und wohlgelitten.

Nach und nach kamen neue Ansiedler; auch eine Straße wurde von der Grundherrschaft über die Haide gebahnt, so dass nun manchmal des Weges ein vornehmer Wagen kam, desgleichen man noch nie auf der Haide gesehen. Auch des alten Bauers Söhne bauten sich an, und einer, sagte man sich in's Ohr, werde wohl schön Marthens Bräutigam werden. Und so, ehe sieben Jahre in's Land gegangen, standen schon fünf Häuser mit Ställen und Scheunen, mit Giebeln und Dächern um das kleine, alte, graue Haidehaus, und Felder und Wiesen und Wege und Zäune gingen fast bis auf eine Viertelstunde Weges gegen den Roßberg, der aber noch immer so einsam war, wie sonst; – und am Pankratiustage hatte Vater Niklas die Freude, zum Richter des Haidedorfes gewählt zu werden, – er der Erste seit der Erschaffung der Welt, der solch Amt und Würde auf diesem Flecke bekleidete.

Wieder waren Jahre um Jahre vergangen, die Obstbaumsetzlinge, zarte Stangen, wie sie der alte Nachbarsbauer gebracht und an Niklas mitgeteilt hatte, standen nun schon als wirtliche Bäume da, und brachten reiche Frucht, und manchen Sonntagstrunk an Obstwein. – Marthe war an Nachbars Benedikt verheiratet, und sie trieben eigene Wirtschaft. – Die Haide war weiß und wieder grün geworden; aber des Vaters

Haare blieben weiß, und die Mutter fing bereits an, der Großmutter ähnlich zu werden, welche Großmutter allein unver-
wüstlich und unveränderlich blieb, immer und ewig am Hause sitzend, ein träumerisches Überbleibsel, gleichsam, als
warte sie auf Felixens Rückkehr. Aber Felix schien, wie einst
Jacobus, verschollen zu sein auf der Haide. Seit drei Jahren
kam keine Kunde und kein Wandersmann. – In der Hauptstadt, wohin gar Benedikt gegangen, um ihn zu suchen, war
er nicht zu finden, und im Amte sagten ihm die Kanzleiher-
ren aus einem großen Buche, er sei außer Landes gegangen,
vielleicht gar über das Meer. Der Vater hörte schon auf, von
ihm zu reden; Marthe hatte ein Kindlein und dachte nicht an
ihn, die Haidedörfler kannten ihn nicht, und liebten ihn auch
nicht, als einen, der da einmal davongegangen; die Großmutter fragte nur bisweilen nach Jacobus: – aber das Mutterherz
trug ihn unverwischt und schmerzhaft in sich, seit dem Tage,
als er von dannen gezogen und an ihrem Busen geweint hatte – und das Mutterherz trug ihn Abends in das Haus, und
Morgens auf die Felder – und das Mutterherz war es auch
allein, das ihn erkannte, als einmal am Pfingstsamstage durch
die Abendröte ein wildfremder sonnverbrannter Mann ge-
wandert kam, den Stab in der Hand, das Ränzlein auf dem
Rücken, und stehen blieb vor dem Haidehause.

„Felix“ – „Mutter!“

Ein Schrei und ein Sturz an das Herz.

Das Mutterherz ist der schönste und unverlierbarste Platz
des Sohnes, selbst wenn er schon graue Haare trägt – und jeder hat im ganzen Weltall nur ein einziges solches Herz.

Das alte Weib brach an ihm fast nieder vor Schluchzen,
und er, vielleicht seit Jahren keiner Träne mehr gewohnt, ließ
den Bach seiner Augen strömen, und hob sie zu sich auf, und
drückte sie, und streichelte ihre grauen Haare, nicht sehend,
dass Vater und Schwester, und das halbe Dorf um sie Beide
standen.

„Felix, mein Felix, wo kommst Du denn her?" fragte sie endlich.

„Von Jerusalem, Mutter, und von der Haide des Jordans. – Gott grüß' Euch, Vater, und Gott grüße Euch, Großmutter! Jetzt bleib' ich lange bei Euch, und geliebt es Gott, auf immer."

Er schloss den zitternden Vater an's Herz, und dann die alte Großmutter, die fast schamhaft und demütig bei Seite stand – und dann noch einmal den Vater, den schönen, alten, braunen Mann mit den schneeweißen Haaren, den er mit noch dichten dunkeln Locken verlassen hatte, und der doppelt liebenswert da stand durch die unbehilfliche Verlegenheit, in die er dem stattlichen Sohne gegenüber geriet; – das Mutterherz aber, sich immer ihres unverjährbaren Ranges bewusst, zeigte nichts dem Ähnliches; sie sah nicht seine Gestalt und seine Kleider, sondern ihr Auge hing die ganze Zeit über an seinem Angesichte, und es glänzte und funkelte, und schäumte fast über vor Freude und vor Stolz, dass Felix so schön geworden, und so herrlich.

Endlich, als sich sein Herz etwas gesättigt, fiel ihm klein Marthe bei; er fragte nach ihr, und sein Auge suchte am Boden umher – allein die Mutter führte ihm ein blühendes Weib vor, mit hellen blauen Augen, ein Kind auf dem Arme, wie eine Madonna, deren er in Welschland auf Bildern gesehen – er erkannte im Kinde klein Marthe, die Mutter des Kindes getraute er sich aber nicht zu küssen, und auch sie stand blöde vor ihm, und sah ihn bloß liebreich an – endlich grüßten und küssten sie sich herzinnig als Geschwister und der ehrliche Benedikt reichte ihm die Hand und sagte, wie er ihn vor zwei Jahren so emsig in der ungeheuersten Entfernung gesucht habe.

„Da war ich im Lande Egypten," sagte Felix, „und Ihr hättet mich auch dort kaum erfragt; denn ich war in der Wüste."

Auch die Bauern und ihre Weiber und Kinder, die sich vor Niklas Hause eingefunden hatten, und ehrbar neugierig herumstanden, grüßte er alle freundlich, lüftete den Reisehut, und reichte ihnen, obwohl unbekannt, die Hand.

Endlich ging man in das Haus und nach Haidesitte gingen viele Nachbarn mit, und waren dabei, wie er Geschenke und Berichte auspackte. Auf der Gasse wurde es stille, die Menschen suchten nach dortigem Gebrauche zeitig ihre Schlafstellen, und die roten Pfingstwolken leuchteten noch lange über dem Dorfe.

Der Haidebewohner

Und als des andern Tages die ersten Sonnenstrahlen glänzten, und die Haidedorfbewohner bereits im Festputze gerüstet waren, um zur fernen Kirche zu gehen: so war einer der Bewohner mehr, und einer der Kirchgänger mehr. Die Nacht hatte es Manchem verwischt, dass er gekommen, aber der Morgen brachte ihnen wieder neu den neuen Besitz, damit sie sich daran ergötzten: die Einen mit ihrer Neugierde, die Andern mit ihrer Liebe – Alle aber hatten eine unsichere Scheu, selbst die Eltern, was es denn wäre, das ihnen an ihm zurückgebracht worden sei, und ob er nicht ein fremdes Ding in der übrigen Gleichheit und Einerleiheit des Dorfes wäre.

Er aber stand schon angekleidet, und zwar in dem leinenen Haidekleide und dem breiten Hute im Freien, und schaute mit den großen, glänzenden, sanften Augen um sich, als die Mutter zu ihm trat und ihn fragte, ob er auch in die Kirche gehen werde, oder ob er müde sei, und Gott zu Hause verehren wolle.

„Ich bin nicht müde," antwortete er freundlich, „und ich werde mit Euch gehen;" denn er sah, dass die Mutter zum Kirchengehen angezogen war, und dass auch der Vater in seinem Sonntagsrocke aus dem Hause komme.

Festliche Gruppen zeigten sich hie und da auf dem Anger des Dorfes; Manche traten näher und grüßten, Andere hielten sich verschämt zurück, besonders die Mädchen, und wieder andere, welche zu Hause blieben, und in der Festtagseinsamkeit das Dorf hüten mussten, standen unter den Haustüren oder sonst wo, und schauten zu.

Und als noch Pfingsttau auf den Haidegräsern funkelte und glänzte, und als die Morgenkühle wehte, setzte sich schon Alles in Bewegung, um zu rechter Zeit anzulangen – und so führte denn Felix das alte Weib an seiner Hand, und leitete sie so zärtlich um den sanften Haidebühel hinan, wie sie einstens ihn, da er noch ein schwacher Knabe war und Sonntags Vormittags die Ziegen und Schafe zu Hause lassen durfte, damit er hinausgehe und das Wort Gottes höre. Der Vater ging innerlich erfreut daneben, die Andern teils voran, teils hinten. Endlich war die letzte Gruppe hinter dem Bühel verschwunden, die Nachschauenden traten in ihre Häuser zurück, und kurz darauf war jene funkelnde Einsamkeit über den Dächern, die so gern an heitern Sonntagvormittagen in den verlassenen Dörfern ist; – die Stunden rückten trockener, und heißer vor, eine dünne blaue Rauchsäule stieg hie und da auf, und mitten in dem Garten des Haidehauses kniete die hagere Großmutter und betete. – Und wie endlich nach stundenlanger Stille durch die dünne, weiche ruhende Luft, wie es sich zuweilen an ganz besonders schweigenden Tagen zutrug, der ferne feine Ton eines Glöckleins kam, da kniete manche Gestalt auf dem Rasen nieder, und klopfte an die Brust; – dann war es wieder stille und blieb stille – – die Sonnenstrahlen sanken auf die Häuser nieder, mehr und mehr senkrecht, dann wieder schräge, dass die Schatten auf der andern Seite waren – endlich kam der Nachmittag, und mit ihm alle Kirchgänger – sie legten die schönsten Kleider und Tücher von dem erhitzten Körper, taten leichtere an, und jedes Haus verzehrte sein vorgerichtetes Pfingstmahl.

Und was war es denn, was ihnen an Felix zurückgebracht worden war, und warum ist er denn so lange nicht gekommen, und wo ist er denn gewesen? Sie wussten es nicht.

In der Kirche war er mit gewesen; – fast so kindlich andächtig, wie einst, hatte er auf die Worte des Priesters gehorcht, sanftmütig war er neben der Mutter nach Hause gekehrt, und wenn dann bei Tische der Vater das Wort nahm, so brach Felix das seine aufmerksam ab, und hörte zu – und gegen Abend saß er mit der Großmutter im Schatten des Holunderbusches, und redete mit ihr, die ihm ganz sonderbare und unverständliche Geschichten vorlallte – – und wenn dann so den Tag über die Neugier der Mutter in sein Auge blickte, halb selig, halb schmerzenreich, wenn sie nach den einstigen weichen Zügen forschte – ihren ehemaligen heitern, treuherzigen, schönen Haideknaben suchte sie – – – und siehe, sie fand ihn auch: in leisen Spuren war das Bild des gutherzigen Knaben geprägt in dem Antlitze des Mannes, aber unendlich schöner – so schön, dass sie oft einen Augenblick dachte, sie könne nicht seine Mutter sein; – wenn er den ruhigen Spiegel seiner Augen gegen sie richtete, so verständig und so gütig – oder wenn sie die Wangen ansah, fast so jung, wie einst, nur noch viel dunkler gebräunt, dass dagegen die Zähne wie Perlen leuchteten, dieselben Zähne, die schon an dem Haidebuben so unschuldig und gesund geglänzt – und um sie herum noch dieselben lieblichen Lippen, die aber jetzt reif und männlich waren, und so schön, als sollte sogleich ein süßes Wort daraus hervorgehen, sei's der Liebe, sei's der Belehrung – –

„Er ist gut geblieben", jauchzte in ihr dann das Mutterherz; „er ist gut geblieben, wenn er auch viel vornehmer ist, als wir."

Und in der Tat, es war ein solcher Glanz keuscher Reinheit um den Mann, dass er selbst von dem rohen Herzen des Haideweibes erkannt und geehrt wurde.

Was lebte denn in ihm, das ihn unangerührt durch die Welt getragen, dass er seinen Körper als einen Tempel wiederbrachte, wie er ihn einst aus der Einsamkeit fortgenommen? – –

Sie wussten es nicht; nur immer heiterer, und fast einfältiger legte sich sein Herz dar, so wie die Stunden des ruhigen Festtages nach und nach verflossen.

Spät Abends erzählte er ihnen, da alle um den weißen buchenen Tisch saßen, und auch Marthe mit ihrem Kinde da war, und Benedikt und andere Nachbarn – er erzählte ihnen von dem gelobten Lande, wie er dort gewesen, wie er Jerusalem und Bethlehem gesehen habe, wie er auf dem Tabor gesessen, sich in dem Jordan gewaschen; – – den Sinai habe er gesehen, den furchtbar zerklüfteten Berg, und in der Wüste ist er gewandelt. – Er sagte ihnen, wie seine gezimmerten Truhen mit dem Postboten kommen würden, dann werde er ihnen Erde zeigen, die er aus den heiligen Ländern mitgebracht – auch getrocknete Blumen habe er, und Kräuter, aus jenem Lande und Fußtritte des Herrn, und was nur immer dort das Erdreich erzeuge und bringe – und viel heiliger, viel heißer und viel einsamer seien jene Haiden und Wüsten, als die hiesige, die eher ein Garten zu nennen – – und wie er so redete, sahen alle auf ihn, und horchten – und sie vergaßen, dass es Schlafenszeit vorüber, dass die Abendröte längst verglommen, dass die Sterne emporgezogen, und in dichter Schaar über den Dächern glänzten.

Von Städten, den Menschen und ihrem Treiben hatte er nichts gesagt, und sie hatten nicht gefragt. Die Worte seines Mundes taten so wohl, dass ihnen gerade das, was er sagte, das Rechte däuchte, und sie nicht nach Anderem fragten.

Marthe trug endlich das schlafende Kind fort, Benedikt ging auch, die Nachbarn entfernten sich – und noch seliger und noch freudenreicher, als gestern gingen die Eltern zu Bette, und selbst der Vater dachte, Felix sei ja fast, wie ein Prediger und Priester des Herrn.

Auch auf die Haide war er gleich nach den Feiertagen gegangen, auf seiner Rednerbühne war er gesessen; die Käfer, die Fliegen, die Faltern, die Stimme der Haidelerche und die Augen der Feldmäuschen waren die nämlichen. Er schweifte herum, die Sonnenstrahlen spannen, – dort dämmerte das Moor, und ein Zittern und Zirpen und Singen – – – und wie der Vater ihn so wandeln sah, musste er sich über die dünnen grauen Haare fahren, und mit der schwielenvollen Hand über die Runzeln des Angesichts streichen, damit er nicht glaube, sein Knabe gehe noch dort, und es fehlen nur die Ziegen und Schafe, dass es sei wie einst, und dass die lange, lange Zeit nur ein Traum gewesen sei. Auch die Nachbarn, wie er so Tag nach Tag unter ihnen wandelte, wie ihn schon alle Kinder kannten, wie er mit jedem derselben, auch mit dem hässlichen, so freundlich redete, und wie er so im Linnenkleide durch die neuen Felder ging – glaubten ganz deutlich, er sei einer von ihnen, und doch war es auch wieder ganz deutlich, wie er ein weit anderer sei, als sie.

Eine That müssen wir erzählen, ehe wir weiter gehen, und von seinem Leben noch entwickeln, was vorliegt – eine Tat, die eigentlich geheim bleiben sollte, aber ausgebreitet wurde, und ihm mit eins alle Herzen der Haidebewohner gewann.

Als endlich die gezimmerten Truhen mit dem Postboten in die Stadt, und von da durch Getreidewagen auf die Haide gekommen waren, als er daraus die Geschenke hervorgesucht und ausgeteilt, als er tausenderlei Merkwürdiges gezeigt, Blumen, Federn, Steine, Waffen – und Alles genug bewundert worden war, – trat er desselben Tages Abends zu dem Vater in die hintere Kammer, als er gesehen hatte, dass derselbe hineingegangen, und, wie er gern tat, sich in den hineinfallenden Fliederschatten gesetzt hatte – er trat beklommen hinein und sagte mit fast bebender Stimme: „Vater, Ihr habt mich auferzogen, und mir Liebes getan, seit ich lebe – ich aber habe es schlecht vergolten; denn ich bin fortgegangen, dass Ihr keinen Gehilfen Eurer Arbeit hattet, und Eurer Sorge für Mutter und Großmutter – und als ich gekommen, warfet Ihr mir nichts vor, sondern waret nur freundlich und lieb; ich kann es nicht vergelten, als dass ich Euch nicht mehr verlassen und Euch noch mehr verehren und lieben will, als sonst. So viel Jahre musstet Ihr sein, ohne in mein Auge

schauen zu können, wie es Eurem Herzen wohlgetan hätte; –
aber ich bleibe jetzt immer, immer bei Euch. – Allein weil
mich Euch Gott auch zur Hilfe geboren werden ließ, so lern-
te ich draußen allerlei Wissenschaft, wodurch ich mir mein
Brot verdiente, und da ich wenig brauchte, so blieb Manches
für Euch übrig. Ich bringe es nun, dass Ihr es auf Euer Haus
wendet, und im Alter zu Gute bekommet, und ich bitte Euch,
Vater, nehmet es mit Freundlichkeit an."

Der Alte aber, hochrot, zitternd vor Scham und vor Freude, war aufgesprungen und wies mit beiden Händen die dar-
gebotenen Papiere von sich, indem er sagte: „Was kommt Dir
bei, Felix? Ich bin so erschrocken, – da sei Gott vor, dass ich
die Arbeit und Mühe meines Kindes nehme – ach, mein Gott,
ich habe Dir ja nichts geben können, nicht einmal eine andere
Erziehung, als die Dir der Herr auf der Haide gab, nicht einmal das fromme Herz, das Dir von selber gekommen. – Du
bist mir nichts schuldig – die Kinder sind eine Gottesgabe,
dass wir sie erziehen, wie es ihnen frommt, nicht wie es uns
nützt; – verzeihe mir nur, Felix, ich habe Dich nicht erziehen
können, und doch scheint es mir, bist Du so gut geworden, so
gut, dass ich vor Freuden weinen möchte" – –

Und kaum hatte er das Wort heraus, so brach er in lautes
Weinen aus, und tastete ungeschickt nach Felix Hand – Dieser reichte sie; er konnte sich nicht helfen, er musste sein
Antlitz gegen die Schulter des Vaters drücken, und das grobe
Tuch des Rockes mit seinen heißesten Thränen netzen. Der
Vater war gleich wieder still, und sich gleichsam schämend
und beruhigend sagte er die Worte: „Du bist verständiger als
wir, Felix. Wenn Du bei uns bleibst, arbeite, was Du willst;
ich verlange nicht, dass Du mir hilfst – da ist ja Benedikt und
seine Knechte, wenn es not täte; auch habe ich schon ein Er-
spartes, dass ich mir im Alter einen Knecht nehmen kann. –
Du aber wirst schon etwas arbeiten, wie es Gott gefällig und
wie es recht ist."

Felix aber dachte in seinem Herzen, er werde doch in Zukunft, wenn es nötig sei, lieber in der Tat selbst, und durch Leistung des eben Mangelnden beistehen, damit ihm das Herz nicht so weh täte, wenn er dem Vater gar nichts Gutes bringen könnte. Ach, das Beste hat er ja schon gebracht, und wusste es nicht, das gute, das überquellende Herz, das jedem, selbst dem gehärtetsten Vater ein freudigeres Kleinod ist, als alle Güter der Erde, weil es nicht Lohn nach außen ist, sondern Lohn in der tiefsten, innersten Seele.

Der Vater tat nun gleichgültig und machte sich mit diesem und jenem im Zimmer zu tun; kaum aber war Felix hinaus, so lief er eiligst zur Mutter und erzählte ihr, was der Sohn hatte tun wollen – sie aber faltete die Hände, lief vor die Heiligenbilder der Stube, und tat ein Gebet, das halb ein Frevel stürmenden Stolzes, halb ein Dank der tiefsten Demut war.

Dann aber ging sie hin und breitete es aus.

Das war nun klar, dass er gut war, dass er sanft, treu und weich war, und das sahen sie auch, dass er schön und herrlich war; – des Weitern forschten sie nicht, was es sei, und was es sein werde.

Er aber ging her, und ließ sich weit draußen von dem Dorfe entlegen, auf der Haide ein Stück Landes zumessen, und begann mit vielen Arbeitern ein steinernes Haus zu errichten. – Dass es größer werde, als er allein brauche, fiel Allen auf; aber als es im Herbste fertig war, als es eingerichtet und geschmückt war, bezog er es gleichwohl allein, und so verging der Winter. Es kam der blütenreiche Frühling – und Felix saß in seinem Hause auf der Haide, und herrschte, wie einst, über alle ihre Geschöpfe, und über all die hohen stillen Gestalten, die sie jetzt bevölkerten.

Was war es denn aber, was den Eltern und Nachbarn an ihm zurückgebracht worden ist? Sie wussten es nicht.

Ich aber weiß es. Ein Geschenk ist ihm geworden, das den Menschen hoch stellt, und ihn doch verkannt macht unter seinen Brüdern – das einzige Geschenk auf dieser Erde, das kein Mensch von sich weisen kann. Auf der Haide hatte es begonnen, auf die Haide musste er es zurücktragen. Bei wem eine Göttin eingekehrt ist, lächelnden Antlitzes, schöner als alles Irdische, der kann nichts anders tun, als ihr in Demut dienen.

Damals war er fortgegangen, er wusste nicht, was er werden würde – eine Fülle von Wissen hatte er in sich gesogen: es war der nächste Durst gewesen, aber er war nicht gestillt; er ging unter Menschen, er suchte sie völkerweise – er hatte Freunde – er strebte fort, er hoffte, wünschte und arbeitete für ein unbekanntes Ziel – selbst nach Gütern der Welt und nach Besitz trachtete er: aber durch alles Erlangte, – durch Wissen, Arbeiten, Menschen, Eigentum – war es immer, als schimmere weit zurückliegend etwas, wie eine glänzende Ruhe, wie eine sanfte Einsamkeit – – – hatte sein Herz die Haide, die unschuldsvolle, liebe Kindheitshaide mitgenommen? oder war es selber eine solche liebe, stille, glänzende Haide? – – Er suchte die Wüsten und die Einöden des Orients, nicht brütend, nicht trauernd, sondern einsam, ruhig, heiter, dichtend. – Und so trug ihn dieses sanfte, stille Meer zurück in die Einsamkeit, und auf die Haide seiner Kindheit – – und wenn er nun so saß auf der Rednerbühne, wie einst, wenn die Sonnenfläche der Haide vor ihm zitterte und sich füllte mit einem Gewimmel von Gestalten, wie einst, und manche daraus ihn anschauten mit den stillen Augen der Geschichte, andere mit den seligen der Liebe, andere den weiten Mantel großer Taten über die Haide schleifend – und wenn sie erzählten von der Seele und ihrem Glücke, von dem Sterben und was nachher sei, und von Anderem, was die Worte nicht sagen können – und wenn es ihm tief im Innersten so fromm wurde, dass er oft meinte, als sehe er weit in der Öde draußen Gott selbst stehen, eine ruhige silberne Gestalt: dann wurde es ihm unendlich groß im Herzen, er wurde selig, dass er denken könne, was er dachte – und es war ihm, dass es nun so gut sei, wie es sei.

Die blödsinnige Großmutter war die erste gewesen, die ihn erkannt hatte.

„Es sind der Gaben eine Unendlichkeit über diese Erde ausgestreut worden," hatte sie eines Tages gerufen, „die Halmen der Getreide, das Sonnenlicht und die Winde der Gebirge – da sind Menschen, die den Segen der Gewächse erziehen, und ihn ausführen in die Teile der Erde; es sind, die da Straßen ziehen, Häuser bauen, dann sind andere, die das Gold ausbreiten, das in den Herzen der Menschen wächst, das Wort, und die Gedanken, die Gott aufgehen lässt in den Seelen. Er ist geworden, wie einer der alten Seher und Propheten, und ist er ein solcher, so hab' ich es vorausgewusst, und ich habe ihn dazu gemacht, weil ich die Körner des Buches der Bücher in ihn geworfen; denn er war immer weich wie Wachs, und hochgesinnt, wie einer der Helden."

Die Großmutter war es aber auch, mit der er sich allein mehr beschäftigte, als alle Andern mit ihr; er war der Einzige, der sie zu flüssigen Reden bringen konnte, und der Einzige, der ihre Reden verstand; er las ihr oft aus einem Buche vor, und die hundertjährige Schülerin horchte emsig auf, und in ihrem Angesichte waren Sonnenlichter, als verstände sie das Gelesene.

So war der Frühling vergangen, so waren wieder Pfingsten gekommen: – aber wie waren es diesmal andere Pfingsten, als vor einem Jahre. Eine doppelte, furchtbare Schwüle lag auf beiden, auf dem Dorfe, und auf Felix, und bei beiden lösete sich die Schwüle am Pfingsttage – aber wie verschieden bei beiden!

Ich will noch, ehe wir von seinem einfachen Leben scheiden, dieses letzte Ergebnis, das ich weiß, erzählen.

Wenn er so manchmal von der Haide kam und durch das Dorf ging, Geschenke für die Kinder seiner Schwester tragend, Steinchen, Muscheln, Schneckenhäuser und dergleichen, die Locken um die hohe Stirne geworfen, wie ein Kriegsgott, und doch die schwarzen Augen so sehnsuchtsvoll und schmachtend: dann war er so schön, und es trug ihn wohl manche Dirne der Haide als heimlichen Abgott im Herzen verborgen, aber er selber hatte einen Abgott im Herzen; – einen einzigen Punkt süßen heimlichen Glückes hatte er aus der Welt getragen, als er ihre Ämter und Reichtümer ließ – einen einzig süßen Punkt durch alle Wüsten – und heute, morgen, dieser Tage sollte es sich zeigen, ob er sein Haus für sich allein gebaut, oder nicht. – Alle Kraft seiner Seele hatte er zu der Bitte aufgeboten, und mit Angst harrte er der Antwort, die ewig, ewig zögerte.

Wohl kam Pfingsten näher und näher, aber zu der Schwüle, die unbekannt und unsichtbar über des Jünglings Herzen hing, gesellte sich noch eine andere über dem ganzen Dorfe drohend, ein Gespenst, das mit unhörbaren Schritten nahte; – nämlich jener glänzende Himmel, zu dem Felix sein inbrünstiges Auge erhoben, als er jene schwere Bitte abgesandt hatte, jener glänzende Himmel, zu dem er vielleicht damals ganz allein emporgeblickt, war seit der Zeit wochenlang ein glänzender geblieben, und wohl hundert Augen schauten nun zu ihm ängstlich auf. Felix, in seiner Erwartung befangen, hatte es nicht bemerkt; aber eines Nachmittags, da er gerade von der Haide dem Dorfe zuging, fiel ihm auf, wie denn heuer gar so schönes Wetter sei; denn eben stand über der verwelkenden Haide eine jener prächtigen Erscheinungen, die er wohl öfters, auch in morgenländischen Wüsten, aber nie so schön gesehen, nämlich das Wasserziehen der Sonne: – aus der ungeheuren Himmelsglocke, die über die Haide lag, wimmelnd von glänzenden Wolken, schossen an verschiedenen Stellen majestätische Ströme des Lichtes, und, auseinanderfahrende Straßen am Himmelszelte bildend, schnitten sie von der gedehnten Haide blendend goldne Bilder heraus, während das ferne Moor in einem schwachen milchichten Höhenrauche verschwamm.

So war es dieser Tage oft gewesen, und der heutige schloss sich wie seine Vorgänger; nämlich zu Abends war der Himmel gefegt, und zeigte eine blanke hochgelb schimmernde Kuppel.

Felix ging zu der Schwester, und als er spät Abends in sein Haus zurückkehrte, bemerkte er auch, wie man im Dorfe geklagt, dass die Halme des Kornes so dünne standen, so zart, die wolligen Ähren pfeilrecht empor streckend, wie ohnmächtige Lanzen.

Am andern Tage war es schön, und immer schönere Tage kamen und schönere.

Alles und jedes Gefühl verstummte endlich vor der furchtbaren Angst, die täglich in den Herzen der Menschen stieg. Nun waren auch gar keine Wolken mehr am Himmel, sondern ewig blau und ewig mild lächelte er nieder auf die verzweifelnden Menschen. Auch eine andere Erscheinung sah man jetzt oft auf der Haide, die sich wohl früher auch mochte ereignet haben, jedoch von Niemand beachtet; aber jetzt, wo viele tausend und tausend Blicke täglich nach dem Himmel gingen, wurde sie als unglückweissagender Spuk betrachtet: nämlich ein Waldes- und Höhenzug, jenseits der Haide gelegen, und von ihr aus durchaus nicht sichtbar, stand nun öfters sehr deutlich am Himmel, dass ihn nicht nur Alles sah, sondern dass man sich die einzelnen Rücken und Gipfel zu nennen und zu zeigen vermochte – und wenn es im Dorfe hieß, es sei wieder zu sehen, so ging Alles hinaus, und sah es an, und es blieb manchmal stundenlang stehen, bis es schwankte, sich in Längen- und Breitenstreifen zog, sich zerstückte, und mit eins verschwand.

Die Haidelerche war verstummt; aber dafür tönte den ganzen Tag, und auch in den warmen taulosen Nächten das ewige einsame Zirpen und Wetzen der Heuschrecken über die Haide, und der Angstschrei des Kibitz. Das flinke Wäs-serlein ging nur mehr wie ein dünner Seidenfaden über die graue Fläche, und das Korn und die Gerste im Dorfe standen fahlgrün und wesenlos in die Luft, und erzählten bei jedem Hauche derselben mit leichtfertigem Rauschen ihre innere Leere. Die Baumfrüchte lagen klein und missreif auf der Erde, die Blätter waren staubig und von Blümlein war nichts mehr auf dem Rasen, der sich selber wie rauschend Papier zwischen den Feldern hinzog.

Es war die äußerste Zeit. Man flehte mit Inbrunst zu dem verschlossenen Gewölbe des Himmels. Wohl stand wieder mancher Wolkenberg tagelang am südlichen Himmel, und nie noch wurde ein so stoffloses Ding wie eine Wolke, von so vielen Augen angeschaut, so sehnsüchtig angeschaut, als hier – aber wenn es Abend wurde, erglühte der Wolkenberg purpurig schön, zerging, lösete sich in lauter wunderschöne zerstreute Rosen am Firmamente auf, und verschwand – und die Millionen freundlicher Sterne besetzten den Himmel.

So war Freitag vor Pfingsten gekommen; die weiche blaue Luft war ein blanker Felsen geworden. Vater Niklas war Nachmittags über die Haide gekommen, das Bächlein war nun auch versiecht, das Gras bis auf eine Decke von schalgrauem Filze verschwunden, nicht Futter gebend für ein einzig Kaninchen; nur der unverwüstliche und unverderbliche Haidesohn, der misshandelte und verachtete Strauch, der Wachholder, stand mit eiserner Ausdauer da, der einzige lebhafte Feldbusch, das grüne Banner der Hoffnung; denn er bot freiwillig gerade heuer eine solche Fülle der größten blauen Beeren, so überschwenglich, wie sich keines Haidebewohners Gedächtnis entsinnen konnte. – Eine plötzliche Hoffnung ging in Niklas Haupte auf, und er dachte als Richter mit den Ältesten des Dorfes darüber zu raten, wenn es nicht morgen oder übermorgen sich änderte. Er ging weit und breit und betrachtete die Ernte, die keiner gesäet, und auf die keiner gedacht, und er fand sie immer ergiebiger und reicher, sich, weiß Gott, in welche Ferne erstreckend – aber da fielen ihm die armen tausend Tiere ein, die dadurch werden in Notstand versetzt sein, wenn man die Beeren sammle: allein er dachte, Gott der Herr wird ihnen schon eingeben, wohin der Krammetsvogel fliegen, das Reh laufen müsse, um andere Nahrung zu finden.

Da er heimwärts in die Felder kam, nahm er eine Scholle und zerdrückte sie; aber sie ging unter seinen Händen wie Kreide auseinander – und das Getreide, vor der Zeit Greis, fing schon an, sich zu einer tauben Ernte zu bleichen. Wohl standen Wolken am Himmel, die in langen milchweißen Streifen tausendfasrig und verwaschen die Bläue durchstreiften, sonst immer Vorboten des Regens; aber er traute ihnen nicht, weil sie schon drei Tage da waren, und immer wieder verschwanden, als würden sie eingesogen von der unersättlichen Bläue. Auch manch anderer Hausvater ging händeringend zwischen den Feldern und als es Abend geworden, und selbst zerstückte Gewitter um den Rand des Horizontes standen, und sich gegenseitig Blitze zusandten, – sah ein von der Stadt heimfahrender Bauer selbst die halbgestorbene Großmutter mitten im Felde knien, und mit emporgehobenen Händen beten, als sei sie durch die allgemeine Not zu Bewusstsein und Kraft gelangt, und als sei sie die Person im Dorfe, deren Wort vor allen Geltung haben müsse im Jenseits.

Die Wolken wurden dichter, aber blitzten nur und regneten nicht.

Wie Vater Niklas zwischen die Zäune bog, begegnete er seinem Sohne, und siehe, dieser ging mit traurigem Angesichte einher, mit weit traurigerem, als jeder Andere im Dorfe.

„Guten Abend, Felix," sagte der Vater zu ihm, „gibst Du denn die Hoffnung ganz auf?"

„Welche Hoffnung, Vater?"

„Gibt es denn eine andere, als die der Ernte?"

„Ja, Vater, es gibt eine andere; – die der Ernte wird in Erfüllung gehen, die andere nicht. Ich will es Euch sagen, ich selber habe etwas für Euch und das Dorf getan. Ich habe zu den Obrigkeiten der fernen Hauptstadt geschrieben, und ihnen den Stand der Dinge gemeldet; ich habe Freunde dort und manche haben mich lieb gehabt, – sie werden Euch helfen, dass ihr keinen Hauch von Not empfinden sollet, und auch ich werde so viel helfen, als in meiner Kraft ist. Aber tröstet Euch und tröstet das Dorf: alle Hilfe von Menschen, werdet Ihr nicht brauchen; ich habe den Himmel und seine Zeichen auf meinen Wanderungen kennen gelernt, und er zeigt, dass es morgen regnen werde. – Gott macht ja immer Alles, Alles gut, und es wird auch dort gut sein, wo er Schmerz und Entsagung sendet."

„Möge Dein Wort in Erfüllung gehen, Sohn, dass wir zusammen glückliche Festtage feiern."

„Amen," sagte der Sohn, „ich begleite Euch zur Mutter; wir wollen glückliche Festtage feiern."

Pfingstsamstags-Morgen war angebrochen und der ganze Himmel hing voll Wolken; aber noch war kein Tropfen gefallen. So ist der Mensch. Gestern gab jeder die Hoffnung der Ernte auf, und heute glaubte jeder, mit einigen Tropfen wäre ihr geholfen. Die Weiber und Mägde standen auf dem Dorfplatze und hatten Fässer und Geschirr hergebracht, um, wenn es regne, und der Dorfbach sich fülle, doch auch heuer wie sonst, ihre Festtagsreinigungen vornehmen zu können und feierliche Pfingsten zu halten. Aber es wurde Nachmittag, und noch kein Tropfen war gefallen, die Wolken wurden zwar nicht dünner – aber es kam auch Abend, und kein Tropfen war gefallen.

Spät Nachts war der Bote zurückgekommen, den Felix in die Stadt zur Post gesendet, und brachte einen Brief für ihn.

Er lohnte den Boten, trat, als er allein war, vor die Lampe seines Tisches, und entsiegelte die wohlbekannte Handschrift:

„Es macht mir vielen Kummer, in der Tat, schweren Kummer, dass ich Ihre Bitte abschlagen muss. Ihre selbstgewählte Stellung in der Welt macht es unmöglich zu willfahren; meine Tochter sieht ein, dass es so nicht sein kann, und hat nachgegeben. Sie wird den Sommer und Winter in Italien zubringen, um sich zu erholen, und sendet Ihnen durch mich die besten Grüße.

Sonst Ihr treuer, ewiger Freund.“

Der Mann, als er gelesen, trat mit schneebleichem Angesichte und mit zuckenden Lippen von dem Tische weg – an den Wimpern zitterten Tränen vor. Er ging ein paarmal auf und ab, legte endlich das erhaltene Schreiben langsam auf den Tisch, schritt mit dem Lichte gegen einen Schrein, nahm ein Päckchen Briefe heraus, legte sie schön zusammen, umwickelte sie mit einem feinen Umschlage, und siegelte sie zu – dann legte er sie wieder in den Schrein.

„Es ist geschehen," sagte er atmend, und trat an's Fenster, sein Auge an den dicken finstern Nachthimmel legend. Unten stand ein verwelkter Garten – die Haide schlummerte – und auch das entfernte Dorf lag in hoffnungsvollen Träumen.

Es war eine lange, lange Stille.

„Meine selbstgewählte Stellung," sagte er endlich sich emporrichtend – und im tiefen, tiefen Schmerze war es, wie eine zuckende Seligkeit, die ihn lohnte. Dann löschte er das Licht aus und ging zu Bette.

Des andern Morgens, als sich die Augen aller Menschen öffneten, war der ganze Haidehimmel grau, und ein dichter sanfter Landregen träufelte nieder.

Alles, alles war nun gelöset; die freudigen Festgruppen der Kirchgänger rüsteten sich, und ließen gern das köstliche

Nass durch ihre Kleider sinken, um nur zum Tempel Gottes zu gehen und zu danken – auch Felix ließ es durch seine Kleider sinken, ging mit und dankte mit, und Keiner wusste, was seine sanften, ruhigen Augen bargen.

So weit geht unsere Wissenschaft von Felix, dem Haidebewohner. – Von seinem Wirken und dessen Früchten liegt nichts vor: aber sei es so oder so – trete nur getrost dereinst vor deinen Richter, du reiner Mensch, und sage: „Herr, ich konnte nicht anders, als dein Pfund pflegen, das du mir anvertraut hast," und wäre dann selbst Dein Pfund zu leicht gewesen, der Richter wird gnädiger richten als die Menschen.